雀頭作品集

破唐案

裴氏手札・卷四：續離魂記

第一章

入夜，四周萬籟俱寂，遠處偶而有犬吠相交起落，驚起幾聲寒鴉啞啞……

開蒸餅鋪子的錢大郎夫婦，終於再度結束了一日的辛勞，他倆習慣性地把鋪子裡的灶火鍋碗蒸籠桌椅等，最後再度全部收拾查檢妥當。

「大郎，今兒蒸餅竟還剩了這許多個，」錢大娘子看著灶臺上筐簍裡餘下的十幾枚雪白蒸餅，心疼得直抽抽，忍不住叨唸：「這些天生意不大好，不如咱們明日少蒸點兒，也可減省些米麵錢。」

「咱們鹿鄉鎮鄰近官道，南來北往的要進長安城的旅人商客，少不得都要途經鄉裡鎮上歇個腿兒過個夜，或是添購些趕路的吃食，要是因爲咱們蒸餅做的不夠，叫老客們買不著，路上餓了肚子，那可就罪過了。」老實憨厚的錢大郎搖了搖頭，好脾氣地道。

「罪什麼過？」錢大娘子想罵自家老實過了頭的丈夫，可終究不忍心，嘟噥道：「偏你心善，還想著老客們呢！」

錢大郎咧嘴一笑。「咱們做小生意的，自然是得想著客人。」

「我沒在誇你，」錢大娘子扠腰。「你難道沒瞧見鎮上這兩年新開了那麼多間鋪子，有賣槐葉冷淘的、水溲餅的，聽說還有家專門賣野雞肉餛飩……什麼天下美味都有，誰人日日來吃咱們家啥子餡料都沒放的蒸餅？」

錢大郎摸了摸頭，被娘子叨唸了也只是訕訕然笑。

「淨會傻笑，還不幫著盤算盤算，咱鋪子除了賣蒸餅外，還能再做點啥旁的營生？光靠守著這蒸籠能掙大錢嗎？」錢大嫂子氣煞也。「還有，今兒下村那涂婆子又來哭哭啼啼扮可憐，你怎麼還當眞又讓她賒了十只餅子去？」

十只餅子就值十文錢了，能買整整兩斗大米呢！

錢大郎囁嚅。「這涂婆子一個孤寡老人，孩子不孝，把她丟在村裡不管，咱們見了偶而幫一幫手，賒她些餅子，也算是給自己積積功德。」

至於旁的營生……他別的也不會啊，不做蒸餅，還能做甚？

況且這一門做蒸餅的手藝是祖祖輩傳下來的，講究的就是如何揉蒸出鬆軟如雲的餅子，讓客人們熱騰騰地一把撕開白如雪團的餅身時，就能聞見那撲面而來的麥子香氣。

便是連沒牙的八十老漢和喝奶的娃娃，都吃得動他家的蒸餅，更別提吃著有多香了。

旁家的蒸餅尚且有甜鹹等餡子，他們老錢家的蒸餅單只靠這單純的風味，買回去無論是配小鹹菜吃，還是配米粥糊糊，胡椒羊肉湯……都格外帶勁兒。

鹿鄉鎮上村里幾輩人，都想著這一口呢！

「娘子妳別擔心，咱們老錢家這門手藝雖說掙不了大錢，但長久過日子還是不愁的。」錢大郎搓著長年操勞而布滿老繭的大手，笑容裡滿滿質樸的喜悅。「所以餅子還是不能做少了，萬一明日好些鄉親想來買蒸餅，咱們卻叫人空手回去，那多不好意思呀？」

錢大娘子強忍下想掐自家這憨傻夫郎胳膊的衝動，最後還是只白了他一眼，抄起油燈，哼了聲——

「行行行，老娘不妨礙你做大善人了，老娘累了，要睡覺去了。」

錢大郎縮了縮脖子，不過他也知道自家娘子素來是嘴快心軟，儘管叨罵兩句，可最後還是依著他的。

就像晌午涂老婆子噙著淚花一疊連聲地彎腰朝他們夫婦倆道謝，他家大娘子雖然面上沒個笑意，還是裝作沒看見他偷偷專挑大的蒸餅撿給了涂老婆子。

能娶到這樣刀子口豆腐心的好婆娘，是他們老錢家上輩子燒好香呢！

錢大郎儘管被娘子甩了臉子，依舊高高興興地吹熄了鋪子前堂的一盞油燈，在昏暗微亮的光影下跟在娘子後頭回屋，趕緊擦洗完頭面手腳好上床睏覺。

明兒丑時末就得起來揉麵發麵呢，可萬萬耽擱不得。

兩夫妻在後頭的堂屋房裡並排躺下，沒說幾句閒話就雙眼發澀，睡意朦朧……

不知過了多久，隱隱約約聽見了外頭敲門聲。

砰砰，砰砰，砰砰砰！

錢大娘子睏意正濃，不耐煩地推了推丈夫，口齒含糊。「去、看……誰呀？吵什麼？」

「好，好，我這就去看，妳好好睡妳的。」錢大郎也不惱火，揉揉惺忪睡眼，好性兒地下床，摸索著披上了外衣。

砰砰，砰砰，砰砰砰！

「來了來了。」錢大郎好聲好氣地輕喊著，又忍不住回頭看了眼堂屋，生怕把自家娘子吵醒。

他用打火石點亮了油燈，卸下門閂，剛打開門就駭了一大跳！

「妳妳妳……誰呀？」

只見外頭黑漆漆的夜幕下，一個面色蒼白女子，持著把油桐傘，站在離店門幾步遠外的陰影下，低低地對他說：

「老闆，我要買蒸餅。」

仔細辨認後，錢大郎發現眼前那娘子，原來是慣常來買蒸餅的老客……不禁捂著撲通撲通狂跳的心口，緩緩吁了一口氣。

唉，年紀大了，膽兒越發小了，還眞是遭不住受驚嚇。

「周娘子，小店已經打烊了。」

「老闆，我買蒸餅。」面色發白，習慣性低頭遮掩住左邊面上青色胎記的周娘子，嗓音弱弱地又重複了一遍。「勞您賣些餅子給我。」

錢大郎人就站在門口屋裡頭，和外頭的周娘子只隔著一個門檻與三、四步的距離，明明四周就沒有冷風颼來，他卻沒來由地打了個寒顫。

他想給自己壯壯膽子，便把手中提著的油燈往前一送，增加些照明之用。

周娘子卻急忙忙後退了兩步，彷彿那油燈的光會灼人似的，慌亂遁躲入黑夜簷影下。

「周娘子別怕，我這油燈拿得穩，油火不會甩濺到妳身上的。」錢大郎嚇了一跳，趕緊解釋。

周娘子虛弱一笑。「我、我……夜裡黑，猛見了光，禁受不住……」

「原來如此，」錢大郎似懂非懂地點了點頭，貼心地把油燈往後收一些。「不過不瞞周娘子，小店雖然還剩了十幾只蒸餅，可都涼透了，不好賣給客人的。」

周娘子低下了頭，看著好不可憐。

「周娘子，妳就別爲難我了，這吃食的東西，實在是不好……」錢大郎滿臉爲難。

「可我孩子餓得直哭……」周娘子流下淚來，一手執傘，一手遮面，在夜裡瑟瑟發抖。

錢大郎心一顫，不由態度軟化下來。「哎喲，可不能餓著孩子，要不妳先進屋，我捅開灶膛燒個柴火，把那些餅子再熱一熱。」

周娘子搖了搖頭，始終不敢踏入門檻一步。「不了，奴家在這裡等著便可，餅子也不用熱了，便這般賣我些可好？」

「哪能這般草率呢？」錢大郎本就是個熱心的，他邊張羅著，邊招呼。

「外頭冷，周娘子妳先進屋暖暖身子，雖然是開春了，可晚上還凍得很呢。只是，妳怎麼今兒這麼晚才來？方貨郎賣貨還沒回來嗎？怎麼教妳一個女人家深更半夜的出來，大晚上的多不好啊！」

雖說鎮子不大不小，都是認識的居多，可因為鎮子鄰近官道，平時也有不少南來北往的商旅客人行經或出入。

往常也聽說過有商隊的人喝醉鬧事，調戲路過的小娘子……

周娘子持著油傘，身子發顫，喃喃催促道：「老闆，您便把蒸餅快快與我吧，我孩子餓得受不住了。」

她只是不斷重複著相同的話，聲音微弱，呆板僵直，就像是凍得捋不了舌頭。

錢大郎心下莫名有些發涼，卻也不敢多想，見她急得慌，只得打消了蒸熱餅子的念頭，匆匆找了油紙把那十幾只冷掉的蒸餅包了起來，用細麻繩兒綁了好，遞給了她。

「罷了，我也不多折騰了，妳快些把蒸餅拿回去，若家裡灶火還未滅，就把餅子再熱一下，或弄點子熱湯往裡頭浸一浸再餵給孩子吃，便不怕冷著噎著了，知道不？」

在拿餅、收錢的過程中，錢大郎不經意碰到了她指尖的剎那，瞬間頭皮一炸！

冰冷、僵硬，還彷彿帶了點溼意，就像是……就像是……

錢大郎渾身寒毛直豎，而後又覺得自己這樣也太沒膽兒，做甚小題大作的，忙擠出了一個顫抖的笑臉，正想說些什麼打個圓場。

只見周娘子已經持著傘，提著餅，悄無聲息地消失了。

夜風吹過……

門前忘記收的那面「餅」字布旗幟拂來，像是黑夜裡何處深出的鬼爪，撲抓了錢大郎的臉子一下——

「嚇！」錢大郎捂著心口，拍撫連連。「人嚇人，嚇死人嘍！」

改天白日見著了周娘子，他得讓自家婆娘再反覆叮囑她一聲，以後千萬別自個兒夜裡跑出來街上買餅啦！

方貨郎不在，她一個女人又帶著個孩子，萬一讓些壞心眼的歹人盯上，豈不危險？

錢大郎打了個哈欠，端著油燈，重新上了門栓，便一腳輕一腳重地往內屋裡走。

✦

馮翊縣　鹿鄉鎮

街頭巷尾幾株木蘭花正盛放，或粉紅或雪白或淺紫、大朵大朵的麗色，爲這處離長安城官道最近的城鎮上，點綴出了抹明媚亮眼的人間四月春。

刑部侍郎裴行眞從馬車下來，捂袖略低咳了兩下，抬頭看見花朵的一剎那，便興奮地轉頭對車廂內的卓拾娘道——

「拾娘，妳快看，瞧這春景四月，枝頭木蘭開得可眞好，眞……」

像妳。

而一身胡衣面容冷豔的蒲州司法參軍，去歲被聖人一旨書令借調進京的卓拾娘，身姿瀟灑地一躍而下，站穩腳步後望向他指的方向，頓了一頓，忽然冒出一句：「嗯，大人，太好了。」

「……」高大清俊，氣質風雅的裴行眞一呆，先是一頭霧水，而後臉頰發紅，捂著怦怦然的心口。

果然，拾娘和他心有靈犀，定然是領略到了他的含意，和他同時想起了那一首詩——

紫房日照胭脂折　素艷風吹膩粉開
怪得獨饒脂粉態　木蘭曾作女郎來

此詩以木蘭，喻作南北朝時期的傳奇人物——花木蘭。素艷花開，由靜入動，神態昂然，英氣瑰麗。

而他眼中心中的拾娘，也是姝容武功不遜於木蘭將軍的女中豪傑。

裴行眞笑意吟吟，滿眼溫柔，盯著拾娘的目光怎麼也移轉不開來。

此時，他麾下的兩大護衛——玄機和玄符——耳聰目明，在聽見自家大人開口說「拾娘，妳快看……」的剎那，便已閃電般會過意來。

喲，明白！

他們二人眼色極好，立刻騎馬的騎馬、趕車的趕車，連那位守衛在卓拾娘身後，因爲聽不慣文人酸不溜秋跩文，正在猛搓臂上雞皮疙瘩的女護衛赤鳶，都被他們二人好說歹說地給「請」走了。

爲何說是「請」字？

自然是因爲他們兩個三大五粗、武藝高深的大男人，聯手也打不過赤鳶這個武瘋子。

這卓家軍裡刀山血海淬鍊出來的就是不一樣，連看著纖瘦挺直如紅纓槍的女郎，卻眼眨都不眨一下就能瞬息間取人狗命。

此番，他們三人護送陪同裴侍郎和卓參軍到華州，是爲查緝、偵破一樁陳年懸案。在回程時，行經某座深山老林，就被盤踞當地、危害百姓多年的一窩子山匪狂徒盯上了。

嘖嘖，那幾十個悍匪就是當日出寨子前沒翻老黃曆，不知道那天儼然是「受死」日……嘿。

那日，二、三十個漢子，二、三十把亮晃晃的大刀，卻還不夠赤鳶一個人料理的。

只見對面殺聲連天鬼吼鬼叫而來，玄機玄符正擺開陣勢護衛在裴侍郎和卓參軍面前，赤鳶卻已悄無聲息地迅速提躍於後頭的高高樹梢上，足尖穩穩矗立，揚箭搭弓，指間同時扣著三枝箭……

電光火石間，三箭連珠而發，追星趕月疾射而去！

接著，再復箭搭弓，指扣弦，只聽得嗖嗖嗖……

如雨般的箭矢劃破長空的離弦聲和慘叫聲此起彼落，待一炷香過，地上樹上石頭上橫七豎八，趴著的都是中箭的山匪，輾轉打滾，哀號慘叫。

赤鳶只是面無表情地躍身落地，冷冷地收弓，呸了一聲——

「一群無用的廢物卵蛋！」

那一霎，別說山匪們了，就連玄機和玄符都下意識地夾緊了腿，覺得某處一陣寒涼。

赤鳶娘子惹不起，惹不起啊！

而此刻，拾娘見他們三個人連馬都跑了，不由面露疑惑。「你們哪裡去？」

「卓娘子，我們跟赤鳶阿姊先去逆旅裡幫兩位大人點菜啊！」跑在最前頭的玄機笑嘻嘻道：「兩位大人慢慢賞春光，慢慢聊。」

「誰是你阿姊？」赤鳶翻了個白眼，冷聲道：「叫姑奶奶。」

「噯，姑奶奶。」玄機心悅誠服，喚得可麻溜了。「您就是我的親姑奶奶。」

玄符嗆到了，一臉同情地看著兄弟——若給玄機的老娘，東突厥阿史那小公主知道了自家狼崽子在外頭胡亂給她認姑母，怕不把他屁股給打成八瓣兒。

看著前頭三個熱熱鬧鬧地走了，裴行眞清了清喉嚨，趕緊把拾娘的注意力再拉回自己面前。

「拾娘，妳也覺得這木蘭好……」

「嗯，」拾娘低頭摸了摸腰間的蹀躞七事帶，認眞道：「木蘭又名辛夷，性溫味辛、芳香走竄、上通鼻竅、潤肺止咳；我阿耶說，舊時他們在北方苦寒之地打仗，士兵們感了風寒，若缺醫少藥，就滿山找木蘭花蕾來治，好用得很。」

「妳說的『好』，」裴行眞一頓。「就指……這個？」

「大人不是這兩日趕路著涼了嗎？」她續道：「屬下聽你夜裡鼻塞咳嗽，玄機拿了太醫炮製的隨身藥丸散丹，你嫌苦也不愛吃，既如此，那總該摘些木蘭泡了熱水當茶喝，多少有些奇效。」

裴行眞頃刻間一掃方才的小鬱悶，頓時清眉舒展，喜笑顏開。「拾娘果然關心我，是我不好，讓拾娘擔憂了。」

聞言，她臉頰沒來由一紅，有些結巴。「大、大人說什麼呢？我不過是……是……」

至於是什麼，她絞盡腦汁，半天也解釋不出來。

事實上，打從前回花朝節「紅綃案」過後，她覺得自己跟裴大人之間就有些說不明也道不清的……的「啥」。

猶記那日，她還滿心悲憤痛苦，灼燒得厲害。

只因「紅綃案」，再度讓她看見了上位者們為其心中的朝廷大局和權力角牴，居然再度視百姓性命如草芥，可隨意玩弄、犧牲，只要能全了他們開疆拓土的大計。

那一瞬，她眞的難受到想遠遠地逃回蒲州，掩住耳目，只求能繼續謹守著自己的一畝三分地，守著自己對是非善惡的那把尺便好。

當年，她十四歲就隨父上了戰場。

打了那麼多年的仗，她已然不會天眞地認為，自己在戰場上殺的都是該殺之人，因為敵友與否，端看是站在誰人的角度立場而視之。

可那時，她胸口裡激昂的心和血都是熾熱滾燙的。

她知道，起碼自己和兄弟們手中的刀箭，都是爲止戰而揮起，爲了大唐，爲了四海疆域太平。

可後來她卻越來越看不清這局勢了，在戰場上堅定的信念，也在看過許多人事物後，開始模糊崩解……

阿耶告訴她，她的性格太過耿介鮮明、嫉惡如仇，即便是烽火中最迅猛的一柄刀，也是過剛易折。

一個合格的軍人，就該成爲聖人如臂指使的神兵利器，心有家國大義，自該成大我、捨小我。

阿耶訓斥完她的那一天，她坐在埋了無數兄弟的黃沙萬人塚前，沉默了很久很久，最後毅然決然離開了卓家軍，決意前往蒲州任司法參軍。

她是個武夫，不懂朝政和四海八荒的局勢，不懂那些聰明人的盤算和籌謀。

可至少，她還是想堅守住心中那一盞善惡正義的微光。

這幾年雖然蒲州日子過得辛勞忙碌，但是她滿腔赤誠，無愧於心。只是自從去歲被裴行眞借調上了長安後，恍恍惚惚間，有些東西彷彿又回來了。

而就在她義憤塡膺、心灰意冷的那日，裴行眞卻緊緊地抱住了她說：「……拾娘信我，這案子，我裴行眞必定管到底！」

他高䠷修長溫暖的男性軀體環擁著她、包覆著她，身上那絲絲縷縷清雅高貴的貴族薰香，融合了他醇厚乾淨的男子體息，竟不知不覺漸漸撫慰了她暴躁騷動的心緒。

這是拾娘鐵血軍旅、查案緝凶……林林總總，多年生涯來所嗅聞感受過，最能奇異鎮魂靜心的一抹香氣。

還有他的擁抱，他暗啞低柔而急切的保證與允諾，讓她覺得既陌生又……好生古怪的安心。

那一刻，她眞的相信了他。

她打消了立刻離開長安、回到蒲州的念頭，可也是那一日起，她發現自己常常不能再自然地直視他的雙眸了。

只要接觸到了他深邃溫柔含笑的眼神，她就開始心跳加速，渾身發熱，彷彿練功時要走火入魔的感覺。

——她覺得自己好像喜歡上裴大人了。

但……裴大人對劉家的世妹劉道娘，也是相同的溫柔款款，笑靨吟吟不是嗎？

而且他們站在一起時，那公子如松如竹、小姐若花似玉的契合美好模樣，簡直就是一雙從畫裡走出來的人物似的。

每當回憶起那些情景，她血脈賁張、曖昧怦然的心思瞬間就熄火吹涼了大半。

接著就有或垂頭喪氣蹲牆角，或氣沖沖起身去外頭找靶子射柳葉刀的矛盾衝動。

她卓拾娘，幾時這麼綁手綁腳侷促彆扭過？

所以此番他們又相偕去華州偵查案子，她便重新收拾心情，拿出了公事公辦的態度，一路上都是慣常的神情嚴肅、公正不阿。

可裴大人卻越發對她殷勤小意……搞得她時時進退兩難，幾度想豁將出去，眼放凶光，惡狠狠拎起他的衣襟粗聲恫嚇威脅——

再笑得那麼風騷，信不信老娘送你去小倌館笑個爽快？

只恨不能，嘖。

見拾娘不知為何，剛剛冷豔臉龐好不容易浮現了一朵臊紅，可神情忽地又由紅轉白，由白轉黑……然後漸漸地，終於願意直視他的目光變得有那麼些虎視眈眈。

裴行眞吞了口口水。「拾娘……」

「屬下才不是關心大人，只是怕大人病得重了，耽擱了回京的時辰。」她朝他齜了齜牙，而後恢復面無表情一個抱拳，大步跟上了前頭三人的步伐，逕自進了逆旅大門，連回頭瞄都不瞄他一眼。

英俊清雅的裴大人伸手想拉，欲言又止，百思不得其解之下，也只能露出一絲絲小委屈，摸摸鼻子，可憐兮兮地跟過去。

就像隻被主人拋棄了的細犬，孤獨寂寞覺得冷……唉。

◆

裴行眞要入座的時候，發現自己竟然被排擠了。

四四方方的方桌，四張坐席，剛好坐了拾娘赤鳶跟玄機玄符，旁邊有一張空著的桌子，只放了一席子，明顯就是留給他的。

裴行眞眼角抽搐了一下，他不敢也不捨得怪拾娘，更不會遷怒赤鳶，所以銳利如電的眼神自然是掃向兩名護衛了。

高大個兒的玄符頭垂得都快栽進胸前去了，至於玄機則是拚命對他擠眉弄眼，口形發問——

大人，咋啦咋啦？您是怎麼又惹卓娘子生氣了？

他額上青筋一跳，咬牙無聲頂回去。

閉嘴。

玄機一個哆嗦，連忙閉嘴坐正。

裴行眞揉了揉隱隱抽疼的眉心，終究忍不住大步走向拾娘，然後無賴地一屁股蹭坐在她身邊。

「……」玄機和玄符目瞪口呆。

「……」赤鳶眼神狐疑，目光不善。

拾娘卻是僵了一僵，耳根悄悄紅了，嗓音硬梆梆問：「您這是……做甚？我們這桌坐滿了，您還是到隔壁桌空曠寬敞些，菜餚都給您上齊了。」

「我喜歡這一桌，我就坐這一桌。」堂堂裴氏名門貴公子，當朝刑部四品侍郎，居然要無賴到底了。

「你——」

就在此時，逆旅大堂裡坐著正吃喝湯餅小菜的幾個老人家噗哧一笑。

「哎喲喲，年輕就是好啊！」

「小倆口打情罵俏，咱們這些不相干的閒人也太礙眼了，老傢伙們，快吃快吃，吃完了快走，別耽誤人家攏絡感情。」

拾娘這下真的面紅耳赤，坐立難安了，忙解釋：「老人家，我們、我們不是的——」

「老爺子們果然見多識廣，眼利著呢！」裴行眞搶過話來，眉開眼笑煦如春風，拱手對老人家們深深一禮。「實不相瞞，是晚生駑鈍，惹惱了心儀的女郎，此刻正不知該如何賠罪才好，還請老人家也幫幫晚生說幾句話，好叫我家卓娘子消消氣。」

裴行眞你個狗男人，瞎說啥鬼話？

拾娘這下殺人的衝動都有了！

老人家們被這麼一捧，頓時越發熱心起來，七嘴八舌就要幫忙勸合。

「哎呀小女郎，既然這位郎君已經知道錯了，妳就原諒他吧？」

「等你們到了我們這把年紀，就知道緣分難得，要珍惜啊……」

「小女郎，男人都低頭了，妳有話便好好說嘛！」

「是呀是呀，別像我們鎮上賣蒸餅的錢大娘子，平常對夫郎粗聲粗氣的沒個好臉，女娘家家的，把夫郎的臉面都往地上踩喲！」

「這話可莫叫錢大娘子聽著了，否則她一惱，說不得就來拔你的鬍鬚了哈哈哈！」

下一瞬，只見拾娘一把拎起了裴行眞往外扯──

「行！我就跟他、好、好、說！」

老人家們一臉愕然，玄符和玄機則是有點如坐針氈，不知道該不該跟著出去……萬一卓娘子眞的想胖揍大人一頓，他們兩個護衛好歹該擋擋不是？

他倆正猶豫間，赤鳶已經慢條斯理地拿起了個切開的胡餅，舉箸往裡頭塞了滿滿的醬羊肉。

「吃你們的，我家阿妹會給裴大人留一口氣兒的。」

「那就好，咳，」玄機隨即改口：「……我是說，這不大好吧？」

「他倆彆彆扭扭了老長日子了，再這麼鬧下去，我阿妹什麼時候能下定決心把裴大人搶回去做阿郎？」

「咳咳咳咳……」玄符被一口茶水嗆到，瘋狂咳嗽。

美艷絕倫卻狠戾冷漠的赤鳶娘子，說起話來眞是語不驚人死不休。

「你們長安人就是矯情。」赤鳶用一種看弱雞的目光橫了橫他，冷冷道：「想我阿妹多豪邁颯爽的性子，可自打進了長安，跟在裴侍郎身邊後，行事就變得束手縛腳的，都不像她了。」

「呃，姑奶奶，其實我家大人他——」玄機還想爲自家大人解釋一二。

「所以今日不管我阿妹想對裴行眞做什麼，只要她爽快就好——誰攔，誰死！」

赤鳶眸中殺氣一閃而逝。

玄機和玄符連忙噤聲，同時頭搖得似兩根撥浪鼓。

……不不不，不敢攔，不敢攔。

第二章

「裴行眞，你到底想做甚？」

外頭，纖細修長的拾娘凶悍地把高大溫雅的裴行眞一把摁在隱密的牆角處。

遠處隱約有小販挑賣東西的吆喝聲，還有小童玩耍嬉鬧的聲音，還有不知哪家的婆娘正在罵漢子……

可這一切庶民百態和人間煙火氣，在此刻都離得裴行眞很遠很遠。

因爲此時此刻，他只聽見了自己胸膛怦通怦通的狂跳聲，而且越來越響越激動。

四月天氣微涼，空氣中幽幽飄散著木蘭那特殊的、花香中隱含著果子的香味……

眼前的冷面清艷女郎，怒氣沖沖，臉頰氣得紅咚咚，摁上他胸膛的手修長又透著些厚繭。

這手的主人，不若長安貴女們的柔荑賽雪、細緻嬌嫩，可卻是這世上唯一能緊緊扣握住他心弦，撩撥得他心蕩神馳的存在。

「拾娘，妳終於肯『正眼』看我了。」他低頭凝視著她，輕輕嘆息。

她仰望著他，漂亮清澈英氣勃勃的雙眼都在冒火。「裴行真，你是哪裡有毛病？」

「為何自從那日一擁後，妳便刻意疏遠我了？」他長長睫毛顫抖了一下，彷彿露珠顫巍巍將從翠綠的竹葉尖梢墜落……的破碎感。

她心臟重重一跳，眼神又有些倉皇地想閃避，嘴硬地道：「我不知道你在說——」

「拾娘，我心悅妳。」

她腦子轟地嗡了聲，瞠目咋舌地望著他，完全反應不過來。

啥？

「我方才跟那些老爺子們說的，都是真話。」他眸光清幽繾綣，又微帶一絲迷惘。

拾娘眨眨眼，再眨眨眼。

「我心儀妳許久，可我不知自己做錯了什麼惹妳惱火，想賠罪也無從賠罪起。幾次想親近，妳不是藉要驗屍，要不就是藉查線索，抽身便走……拾娘，妳真就這麼厭我嗎？」

她猶如被雷劈在原地，愣傻了半晌後努力回神，深深吸了一口氣。

行！那便通通敞開來說吧！

她本就不是忸怩矯揉之人，平素只是心性粗豪魯直了點，對風花雪月、男女之情不擅長，所以兩人相遇初始到共赴長安，她是半點覺察不出他的動情和試探。

可後來在長安的每一日，他待她，著實好得處處用心細膩妥貼，無論是別院落腳也好，吃食安排也罷，甚至是他在人前或私下的舉止投足間，都流露出對她的與眾不同。

所以她便也慢慢開竅了，開始因爲他而忐忑、輾轉、多思……於是在「花朝節」那一天，她心亂了。

只是後來，等聰慧多智又同他默契十足的道娘一出現，就打破了她因爲他，給自己生出的魔障、鏡花水月……

「我以爲你喜歡的是道娘。」她望著他，單刀直入地指出。

他倏然睜大眼，迷茫反問：「道娘？我幾時喜歡道娘了？」

她手鬆開他，開始認眞老實地扳指頭數算。「你看見她就笑得很是歡喜，跟她說話格外輕聲細語，還有她說的話你都能契合地馬上接下一句，你們彼此都知道自己在說什麼，就像上次那個珠算子——」

「先停一下。」他眼底困惑更深，忙澄清道：「道娘是我世家小妹，她幼時尿褲子還是我幫她叫奶娘的，跟她說話輕聲細語是因爲她膽子小，我怕大點聲她就嚇哭了，我與她說話契合，蓋因我們二人蒙師都是同一位夫子，學術相通、思維相近。」

她狐疑地看著他一陣，而後慢慢地搖了搖頭。

「看著不像。」

「什麼不像？」他一愣。

拾娘表情嚴肅，認眞指出。「不像只是兄長對待妹妹的疼愛之情，卓家軍中的阿兄們待我也如同親妹，但阿兄們不會拿我當琉璃人兒似的，時時怕我摔了碎了，也不會在我已有部曲的護衛下，依然懸著心，要親自陪著回家才罷休。」

「我那是……」

「你待道娘呵護備至，不同尋常。」

他越發心下大急。「拾娘，妳當眞誤會我了……」

拾娘胸口雖有些悶窒隱痛，但絲毫不影響理智判斷和心緒澄澈，她襟懷坦蕩地道：「裴大人，我是習武之人，也是個粗人，我承認自這幾樁案件交手合作以來，朝夕相處之下，大人風華著實令我情不自禁敬慕動心。」

裴行眞清眸喜悅地亮了起來，可隨即拾娘的話又讓他心臟霎時沉沉一墜！

「——但也僅止於動心，」她道：「於我而言，與你能兩心相契、情意相投固然好，即便不能，亦是大道同行，護守天下律法公正爲先，旁的都是錦上添花，可有可無；倘若你心中有道娘，我自是衷心祝福你倆的。」

這下窒悶心酸的換成裴行眞了，他倏然抓住了她壓制自己胸膛的手，緊緊反手攥在掌心裡，微微咬牙切齒地道：

「我對妳來說，當眞可有可無？」

她眉頭微蹙，不理解他怎生這般激動。「大人，我的意思是——」

他怒氣散去，繼之而起的是濃濃的懊喪和委屈，忽然衝動地傾身向前，額頭輕輕抵住了她的額，氣息貼近、交織繾綣似嘆。「拾娘，我心口疼。」

她渾身僵住，被他這突如其來的親暱貼靠勾惹得腦中一片空白，心跳如雷，幾乎聽不見他後面說的話。

「……若我心悅道娘，待她十六及笄，我便可求娶，又何必獨身守心直到二十餘歲，同齡好友皆膝下兒女成群了，我身側依然空無一人？」

因著與他近到氣息交纏，她越發心亂了，再無半點方才的冷靜自持。

「裴大人……」

「拾娘，我望妳信我。」他輕嘆，自責道：「然，今日會令妳生出諸多疑慮，想來確實也是六郎之過，莫非是我慣常無論親疏遠近，逢人便帶三分笑，溫柔和煦過了頭，反而沒了分際？」

她靜默了幾息，眞誠地道：「不，不是大人有錯，你與道娘青梅竹馬，親近也屬尋常，我只是怕大人身在局中，反而看不清本心，錯把與我之間並肩作戰的情誼，誤認爲了心儀戀慕——那麼屆時道娘何辜？我又何辜？大人又如何自處？不過是三人徒增怨懟，徒留遺憾罷了。」

去歲以來的幾樁案子裡，無論是「張生案」或「小玉案」，都是因著兒女私情引發了人性中的貪嗔癡慢疑，致使悲劇叢生。

她雖然對裴大人生了情，但絕不教自己因此迷了心智、生出魔障。她卓拾娘大好女兒，該做的天下事那般多，又何必耽溺於情之一字？

所以今朝把話說開了也好，省得雲裡霧裡的各自揣度，沒個明白。

裴行眞與她「偕伴而行」的這些時日來，早已心有靈犀，一下子就明白了她心之所想，意之所指。

他深深凝視著他，又是歡喜又是悵然。

歡喜的是，他鍾情的女郎果然傲骨清正，心思磊落光明，寬容大愛；悵然的是，他在她心中占了一處位置，可卻不那麼重……

不過，儘管是「路漫漫其修遠兮」，但仍不減他「吾將上下而求索」之堅定心志。

「拾娘，我很清楚我心之所向。」他攥著她的手，將之輕輕貼靠在左胸膛處，感受著自己的心跳。「千言萬語無用，日後，但求拾娘端見我如何做便是了，行嗎？」

她看著他，心中震撼蕩漾難抑。

裴行眞窺透了她眼底深處的一抹動搖，霎時喜意上湧，念頭一轉，倏地長長嘆了一口氣，滿眼憂鬱惆悵地看著她——

「……拾娘，我心悅妳的事，令妳感到很困擾嗎？」

拾娘一頓，有些無措。「不……那倒也……沒有。」

「所以，妳能接受我心儀妳的事實，願意與我一個證明自己的機會……是嗎？」

他嗓音輕輕，低垂掩映的眸子底掠過了一絲光。

他眸光情思眷眷，灼熱得彷彿熨燙入了心，令她雙頰酡紅。「……啊。」

「拾娘不拒絕，那便是接受我的心意了？」

打架很勇，讀書不多的拾娘，看著他溫柔含笑，恍若蠱惑的眸子，腦子暈暈然，恍恍惚惚間……不知不覺點了點頭。

「啊。」

「是吧。」他清眸瞬間精光大盛，笑容燦爛如烈陽，喜不自勝地猛然緊緊將她抱了個滿懷，而後伸出大手。「太好了，那咱們就這麼說定了，擊掌爲信，君子一言——」

「──快馬一鞭！」她本能應答，豪快地跟著伸手擊掌。

慢著，事情好像……

可多智近妖、善謀略的裴侍郎好不容易哄騙，咳，誘拐得逞，又怎麼會讓她有猶豫思索，恍然大悟後反悔的機會？

「今日起，我裴行眞便是妳卓拾娘的人了，若妳日後反悔拋棄予我，我可是要去卓家軍找岳父大人哭訴的。」

「你給我等一下！」拾娘越想越覺得不對勁，可下一瞬，雙手倏然被他的大手緊握住。

他的指節修長勻稱有力，掌心很暖，卻隱隱沁汗。

她抬眼望著他，好似是頭一次看見總是運籌帷幄、氣定神閒的裴侍郎，溫柔的笑容恍若篤定如常，可眉宇間卻透著些微的忐忑與不自信。

……原來，他也會緊張。

拾娘心頭登時酸酸軟軟的，隨即豁然開朗，心頭最後一絲彆扭和糾結也消失得無影無蹤。

「拾娘，我們都說好了的。」他像個固執的、抓住了心愛物什就怎麼也不肯放手的小兒，眼巴巴兒地望著她。

她難得笑了，清冷艷麗的臉龐霎時霞光湛然，彷如春風吹化了冰霜……令人目眩神迷。

裴行真癡癡地凝注著她，心跳如雷，低聲喃喃：「拾娘，妳笑起來真好看。」

她赧然地收斂了笑意，不自在地道：「喔。」

「往後妳可以常常這樣笑給我看嗎？」他頓了一頓，大著膽子打蛇隨棍上。

拾娘被難倒了，皺眉道：「沒事也要笑？」

「多笑笑，心情好。」他笑吟吟。

「可瞧著有點蠢。」她坦白道：「我往常便不大明白，裴大人你平日嘴上總掛著笑，臉不僵嗎？」

裴行真被問得一時啞口無言。「呃……」

可隨即，拾娘又自行理解。「我阿耶說，文官們即便很想把對手政敵弄死，可面上還是親親熱熱笑得跟朵花兒似的……沒事，那我懂了。」

「我跟他們不──」

「裴大人。」

他立刻正襟。「在。」

「既然裴大人確認自己心悅於我，我亦對裴大人存有情思，」她神情端正，眞誠地道：「那往後，我定然會罩著裴大人，待將來你我確實有了婚嫁之想，我自會稟明我阿耶，請阿耶上長安提親的。」

裴行眞瞬間樂壞了，嘴角都快咧笑到耳邊，可忽又覺得不對。「不對不對，提親這種事怎能由女孩兒家來？自然是此番回長安後，我便速速請阿翁──」

「大人，屬下說的是日後。」她臉微微一紅，還是堅持道：「現在談婚論嫁，未免言之過早。」

「爲何不能現在？」他「恨嫁」之心昭然若揭。

「我從前就沒想過要嫁爲人婦，那些閨閣女兒家的東西，我不熟，洗手作羹湯侍奉翁姑什麼的，我也不會。」她猶豫了一下，雖說會有點難過，依舊光明磊落道：「如果大人急於找人成親的話，那屬下跟你可能還是不適——」

「不急！」他心下劇跳，握著她的手更緊了，忙道：「我一點都不急。」

她遲疑。「可大人剛剛說……」

「妳我心意相合，比什麼都重要。」他深深地凝視著她，柔聲道：「拾娘一身好本領，抱俠義之心，懷凌雲之志，六郎敬佩戀慕至甚，又怎會將妳拘囿於宅門後院庶務之中？」

她眼眸閃閃發光。

「六郎求的，是拾娘願意容我今生緊隨相輔於爾左右。」他輕輕地道：「我會等，等拾娘願意給我名分的那一日。」

拾娘紅著臉，默默點了點頭。

不得不說，裴家六郎眞的很會……

赤鳶攀在不遠處的高牆上，耳目敏銳地觀察著這一頭，她終究是不放心自家阿妹，怕阿妹教裴大人給哄得一愣一愣。

不過到得此刻，赤鳶總算放下心來。

無須阿妹用心謀算，裴大人已經自動投誠躺平，像老虎露出肚皮撒嬌求摸。

看來，已經不必動用到強搶官男這一招了。

「姑奶奶，現在狀況如何？」牆下的玄機好奇得抓耳撓腮。

他也並非不能躍上高牆偷窺……咳，偵查。但要給大人知道了，自己可沒有好果子吃。

玄符則是遠遠站在一旁，滿臉無奈地幫他們把風。

就在此時，忽然有一聲淒涼悲啼撕裂長空──

「娘子……我兒……」

他們神色一凜，拾娘和裴行眞也聽見了這淒厲痛呼，兩波人馬同一時間往同一個方向疾奔而去。

✦

待他們循聲趕到時，就見那處人家門戶大開，已經有不少鄰人湊近過去，指指點點，嘆息連連。

「大娘，煩請借過。」拾娘神色冷冽警戒，拍了拍擋在門前的一名婦人肩頭。

婦人回頭，見一身胡服勁裝、美艷英氣的拾娘，呆了呆。「女郎不是我們鎮的吧？」

「過路客。」她蹙眉。「裡頭出什麼事了？」

婦人正要回答，卻又在看見緊挨著拾娘身側的如玉公子時，眼都看直了。

「喲，好俊的郎君……」

擠進來的赤鳶看不下去了，出手快如閃電地將婦人往後一拎，朝另一邊牆根一放。

「讓讓！」

婦人只覺眼前一花，身子像飛起來了，可還來不及哇哇叫就又被迫立穩了身子。

婦人平日潑辣，此刻卻不敢多追究，因爲緊跟隨著那美艷凶悍女郎進去的，是兩個高大威猛，一看就不是什麼好惹的人物。

這一幕，更加引起了擠蹭圍觀在門邊鄰里鄉親們的好奇，交相爭問——

「剛剛那都是什麼人哪？」

「該不會是方貨郎家的親戚吧？」

「有沒有人知道，方貨郎家到底出什麼事兒了？」

「可憐見兒的，聽說是……」

裴行眞一行人踏進這處半舊不新的院子裡，格局方方正正，由民間慣常的主屋居中，左右東西兩廂房，東廂房或住人或置物之用，西面的廂房多做灶房。

前頭的院子角落有株老樹，還有一口井，井邊的竹竿架上還有幾件男女和小娃娃的衣衫，卻不知已經在上頭掛了多久。

另一頭有簡陋的小桌矮凳，劃出了一小塊地種菜，綠油油茂盛的蔥和菘菜，可見得屋主栽種的用心。

然而此刻，院子裡有雜亂的腳印子，還有三、五個鄰人大漢婆娘，正滿臉同情地看著主屋大門簷下，一個撫屍痛哭的年輕兒郎。

倒臥在簷下石板上的，是一大一小兩具女屍，面色發紺又慘白透黑，看著早已氣絕身亡多時。

年輕兒郎渾身抖動，哭得幾乎暈厥過去……

那情景，教人不忍卒睹又難免唏噓。

「娘子……我兒……嗚嗚嗚……」年輕兒郎蒼白狼狽，狀若瘋子，涕淚縱橫又茫然四顧。「……怎麼會這樣？怎麼會這樣？」

被他視線觸及之人，無不或低頭或迴避，雖神情憐憫卻也答不上他的話。

畢竟，誰都不知道為何會發生這般的慘事？

裴行真和拾娘面色凝重地相覷一眼，而後心照不宣地一個上前準備查驗屍體，一個則是走向年輕兒郎，開口道：

「請節哀，眼下這裡已是命案現場，還請你起身退至一旁，容我等先勘查相驗過屍體再說。」

鄰人被裴行眞周身清貴氣勢鎮住，下意識紛紛退避到一旁。

年輕兒郎哭得頭暈眼花，愣愣地抬頭。「你、你是誰？你們怎麼進來的？問我這些做甚？等等，妳、妳要對我妻子做什麼？住手！妳別碰她！」

拾娘靠近了地上那女屍，先做詳細觀察，只見女屍梳得齊整的髮髻略有一絲紊亂，清秀的面容因浮現點狀發紺瘢痕，越發襯得從左邊眼角延伸到左頰的一小片青色胎記看著更加駭人。

暴露在外的頸部也有不均勻的浮腫瘢塊，已然呈現淡淡的瘀紫。

女屍身旁有個約莫一歲左右的小女娃，小女娃面目青脹中透著灰白，原該粉妝玉琢的小臉上卻是滿滿空洞的死氣。

拾娘面露戚然不忍，低低爲小女娃唸了段往生咒，正想伸手摸摸小女娃的臉，便聽見年輕兒郎的驚怒喝問。

只見年輕兒郎不僅斥喝，甚至撲了過來，又要拉扯女屍，她驀然抬眼，怒從心上起——

「你便是她們的丈夫和父親？眼下人死了，正該速速查明真相、找出凶手，你還在這裡啼哭不休，撕扯折騰死者，信不信我一刀剁了你，直接送你去見她們母女?!」

不只年輕兒郎被她一聲暴喝震懾住了，就連院子裡的三五鄰人和在門口探頭探腦的，都嚇得差點軟腳。

裴行真查覺到拾娘心神有些不對，忙過去握住了她微微顫抖的手，目露擔心。

「拾娘。」

裴行真的手溫令拾娘理智回籠，深深吸了一口氣。「大人，是屬下一時失態了。」

蓋因她自任蒲州司法參軍這些年以來，最痛恨也最害怕看見的就是幼兒或嬰屍案。譬如有些蠻野不化的村落，便有溺殺女嬰的惡習，幾年前她就為了此事，險些狂怒之下拔刀屠了半個村子裡的人……

稚子無辜，都是些畜生不如的東西才會朝小孩兒下手，簡直通通該殺個乾淨才好！

拾娘捏緊了拳頭，又強自克制住自己體內湧現的暴虐之氣。

「無妨。」裴行眞看向那小女娃的屍身，抑是心下惻然。

「你們離我妻兒遠點兒！」年輕兒郎從方才的驚慌呆滯中回神，赤紅著眼，又想衝上前去推開他們。「你們是誰？不要亂碰我的燕娘和寶娃！」

赤鳶身形甫動，玄機已經搶在前頭摁住了那個年輕兒郎，沉聲道：「冷靜點，這是我家裴大人和卓參軍，有他們在，一定能為你妻兒平冤作主的！」

「大、大人？」年輕兒郎茫然。

「參軍……哎喲，聽著官兒不小啊！」

「咱們鎮上是何時來了這等大人物？」

鄰人又是敬畏又是崇拜，交頭接耳議論，卻也自動又躲閃遠一點。

畢竟那可是官兒啊！

年輕兒郎身子一僵，隨即整個人猛然掙扎起來，拚命在地上磕起頭來。

「大人、大人……求大人們幫草民查明，她們母女究竟是怎麼死的……她們到底發生了什麼事？到底是誰害了她們啊？」

年輕兒郎磕頭磕得砰砰作響，不一會兒已經是冷汗涔涔，額頭都見血了。

玄機忙阻止了他。「你冷靜點，磕死了自己，你妻兒的後事誰能來料理？你不想看到殺害她們的凶手落網嗎？」

年輕兒郎眼淚鼻涕和額頭流下的血液交糊在面上，呆呆地望著玄機，而後像是清醒了些，又急急看向裴行眞。

裴行眞面露思忖，溫言地道：「是，我乃刑部侍郎裴行眞，這位是司法參軍卓參軍。你妻女的事，我們定然不會袖手旁觀、坐視不管。」

——刑部？居然是刑部的侍郎大人？還有司法參軍？

裴行眞自袖囊中取出了刑部的令牌和代表身分的金魚袋，以茲證明自己的官身。

令牌和金魚袋一出，眾人登時撲通跪了一地。

「拜見兩位大人……」

玄機見年輕兒郎不再掙扎，也鬆開了手，退後一步。

只見年輕兒郎身子軟軟地伏跪在地上，肩膀背脊顫抖不已，隨後又嗚嗚痛泣起來。

「燕娘……寶娃……我的寶娃……」

◆

拾娘和赤鳶動作輕柔地將母女二人抱進了主屋大堂，玄符玄機已經熟練俐落地拆下了房間的門板，架在矮凳上，讓一大一小母女屍首並排而放。

儘管是三大五粗的大男人，可在見到那小娃娃屍身時，還是不免露出了一絲惻然，退下的腳步也下意識放輕了些。

大門關上的那一剎，玄符玄機往外走的表情都有點想殺人。

——究竟是哪個狗娘養的，忍心對個小娃娃下手？

在拾娘準備驗屍的同時，裴行眞也沒有驅散在院子裡和門邊探看的鄰人。

倘若周娘子死於他殺，而凶手就在這群人之中，那麼官府仵作「當場驗屍」之舉，也能一定程度給凶手造成心理上極大的慌亂猜疑和不安。

凶手會開始害怕，並拚命回想，自己是否遺漏了什麼線索在屍體身上？

舉凡做過，必留痕跡，只要心下透了怯，就更容易露出馬腳。

裴行眞和拾娘這些年來，各自辦過的案子不計其數，自是明白一個道理——凶手經常會出現在命案現場，一是爲滿足某種扭曲獸性的成就欲，一則想同步跟進公門中人辦案的軌跡，隨時爲自己的凶行查缺補漏。

玄符玄機跟隨裴大人多年，此刻已然悄悄地站定了最關鍵的盯梢位置，如鷹隼般銳利的目光默默關注著眾人的一舉一動。

眼下，裴行眞環顧著神情懼怕又好奇的鄰居，目光落在緊緊盯著大門，卻彷彿失了三魂七魄的方貨郎身上。

方貨郎的悲痛如此眞實而明顯，就是一個痛失愛妻稚女的絕望男子，雖然人守著大門之外，眼神好似想要穿透門板，看見裡頭心愛的妻女。

但他總覺得……有一絲違和與突兀之感，卻稍縱即逝，難以捕捉。

拾娘縛上面巾，在舌下含了辟穢丹，她方才就命赤鳶借了口小鍋和紅泥小火爐，在大堂角落煮醋炒糟。

「赤鳶阿姊，記住，現下暮春時分，醋糟燒至微熱即可。」拾娘輕聲叮嚀。

「好的，阿妹。」赤鳶鄭重頷首。

角落燃起蒼朮、皀角，拾娘先觀察著她們母女衣衫和頭面頸肩手部四肢。

兩人穿的都是簇新漿洗過的淺黃衣裳，料子看著格外筆挺整潔。

拾娘雖然喜愛舞刀弄槍，對衣衫簪環脂粉之類的不感興趣，但以前在家裡，阿耶常讓嬤嬤們三天兩頭就給她裁製新衣。

那新衣裳縫製好了後，便會送進漿洗房，用皀角先洗淨了一遍，再放進熬煮開來的米湯水裡，讓衣裳吃透了漿水，靜置須臾，撈起用清水濯淨、晾乾。講究的大戶人家，不只新衣裳會做如此漿洗，便是日日換下的衣裳，也會送進漿洗房做相同的手續。

漿洗得板正的衣衫穿在身上，人得挺直了腰桿，行止坐臥優雅從容，可尋常老百姓得幹活兒，誰腦子壞了穿那漿洗衣裳縛手束腳的？

更何況老百姓通常只穿得起粗布衣衫，只有在手頭寬裕些，或者重要的節日及場合，才會小心翼翼地把壓箱底的好衣裳拿出來穿。

拾娘仔細地摩娑著周娘子身上布料，這確實是簇新的布料，並非從不見天日的箱籠底拿出來換上的，連繡線都還是鮮活透亮，微微閃光。

她不免存了個疑惑。

拾娘也發現到周娘子的頸項左右處有指甲掐握劃傷痕跡，脖頸粗脹，再檢查周娘子的手，其僵硬的手指甲縫間，有著淺淺乾涸的血肉和皮屑……

她心下一突。

「阿妹，怎麼了？」赤鳶察覺到她的異狀。

拾娘輕輕掰開了周娘子的口，果然看見其口腔內軟肉鼓鼓囊囊地擠腫得只餘一線空隙……

「赤鳶阿姊，我懷疑周娘子是窒息而亡。」她肅然道。

赤鳶也湊了近來。

「妳看，她呼吸困難到抓傷了自己的頸項，力氣之大，連指縫都留下了自己的皮肉。」拾娘臉色有些難看。「如果是中了毒，那麼這毒發作得極爲迅速厲害，幾乎是幾個瞬息間就要了她的命。」

「阿妹，妳可看得出這是何種毒所致？等等，難道是食了砒霜嗎？我見過砒霜毒發身亡之人，也是窒息而死。」

拾娘心情有一絲沉甸甸。「砒霜中毒確實也會呼吸困難，喉頭水腫，但眼膜會出血、劇烈嘔吐，並排出米泔樣帶血糞水……可周娘子身上並無此跡象。」

赤鳶眉頭緊皺。

「若是烏頭之毒，則會呈現出流涎腹痛，全身抽搐，發紺，四肢厥冷，雙目失明等症候。」她續道：「但周娘子瞳孔渙散灰白是因為死亡所致，且身上衣衫亦是齊整乾爽。」

就好像那毒物能在不知不覺間叫人攝入體內，猛然爆發……

拾娘深吸了一口氣，再度穩定心神，開始幫周娘子解開衣衫，準備進行驗屍。

待周娘子衣衫被褪淨後，她們清楚看見了周娘子肌膚不均勻腫脹發紺，青中透黑，尤其是胸臆間有著一團又一團……

「怎麼像是被人一拳拳擊傷所留下的瘀青？」赤鳶開口：「難道周娘子是遭毆打致死？」

「不，」拾娘小心碰觸上頭的黑團浮腫處。「應當生前是紅色腫塊，死後過六個時辰，才逐漸轉為青透黑。」

「這是什麼怪症候？」

「看著像是鬼飯疙瘩。」拾娘語氣沉重道。

「鬼飯？」赤鳶瞳孔一縮。「鬼吃的飯？是鬼殺人？」

「不，鬼飯疙瘩是癮疹的一種，」拾娘又有些猶豫。「阿姊聽過赤疹、風疹吧？」

赤鳶恍然大悟。「昔日在北地裡，有些南方的兵受不住北地氣候，有時見風就會出疹子，有時點狀，有時浮起左一簇右一簇，還有出桃花癬的，以及喝多了酒就腫得跟豬頭似的大頭風……阿妹，妳的意思是，周娘子也是得了類似這樣的症候？」

「我懷疑是，」她眉心透著絲苦惱。「但初步研判，仍看不出究竟周娘子母女是因何物而誘發症候。」

女子若天生對某些發物反應激烈，胎隨母體，誕下的孩兒有極大機率也會承繼了相同的體質。

所以周娘子和寶娃肌膚上才會出現相似的黑團……只不過現在要追查的是，誘發兩人窒息的發物是什麼？

還有那發物到底是被周娘子母女無意間沾染或呑服入腹的？亦或是背後有人蓄意而為之？

「阿妹，依妳看來，周娘子母女難道是死於意外？」

拾娘沉默了很久，「不，我不能確定。」

「所以要剖驗嗎？」赤鳶目光落在寶娃小小的身子上，遲疑了一下。「寶娃也要剖？」

「要！」拾娘目光一凜。「無論是意外還是他殺，都要幫她們母女爭個清楚明白！」

赤鳶熱血沸騰。「好。」

拾娘收束心神，開始仔細用煮醋淋於周娘子母女屍首之上，又以薦席罨一時久，候屍體透軟，即去蓋物，以水衝去糟醋。

在細心搜檢過後，確定兩名死者身上除了那烏青發黑的不知名團狀腫塊外，並無其他外力導致的傷痕。她取過鋒利無比的小刀，輕輕地劃開了皮肉⋯⋯

酸醋和蒼朮混合著混濁腐臭的氣味透窗而出，飄散在空中，在院子裡的鄰人開始緊緊掩住口鼻，面露驚懼退避之色。

他們已經開始後悔自己幹啥要擠進來湊熱鬧了。

只是，不管是出自人性天生窺查祕事的好奇，或者是對燕娘母女慘況的憐惜，最終還是人人都選擇留了下來。

第三章

而在院子之中，玉樹臨風、高大優雅的裴大人卻恍若未聞那股子可怖的味道，依然面色溫潤如常、鎮定自若地開口問起案來。

很快地，他從方貨郎以及鄰人七嘴八舌的敘述中，拼湊出了眾人今日發現燕娘母女的過程。

方貨郎名叫方治，乃長安人氏，兩年前偕同妻子從長安萬年縣搬到了這鎮上。他是個四處走街串巷的賣貨郎，經常出門下鄉各村叫賣，因爲鎮上離各村兒路途都不短，常常一出門就兩、三天才能回到家。

他的妻子周燕娘，是個嫻靜溫婉的賢妻良母，把家裡打理得處處妥貼，正牙牙學語的小女兒寶娃一歲出頭，更是機靈可愛。

方貨郎人生得斯文俊秀，誠懇又口齒俐落，挑賣的貨也選得好，還童叟無欺，所以在這十里八村的，生意向來不錯。

小夫妻倆和寶貝女兒日子過得小康而安然，漸漸也和鄰居有了熱絡的交情。鄰居們都知，方貨郎夫妻很恩愛和氣，日常見了人都是笑容靦腆，也未曾和人紅臉過。

今日，出門下鄉賣貨四天的方貨郎，終於風塵僕僕地挑著空了大半的貨擔回家，看著大白日的依然關得嚴實的門，便拍叫著讓娘子幫自己開門。

可是拍叫了半天，也不見裡頭有人應門，方貨郎還以爲是娘子帶寶娃出去了，趕路累極了的他，便蜷縮在門口先打盹兒。

後來還是鄰居姜大娘將他搖醒的，說這兩日沒瞧見燕娘母女了，大家夥兒都猜測她們娘倆是不是回娘家了呢！

方貨郎一頭霧水，可一聽說自家娘子和寶娃幾日都沒露面，便也心慌了起來，開始激動拍門叫喊。

這下引來更多的鄰居出來瞧熱鬧，便有緊挨著牆的那一戶王老爹，提議拿梯子從他家翻牆過去查看……

方貨郎在鄰居的幫助下翻了牆，先是滿頭大汗地打開了門閂，一群人也熱心地在門口探頭探腦，你一言我一句地揣度著。

「——咦？那不是周娘子和寶娃嗎？」

就在此時，有眼尖的鄰人驚呼了一聲。

方貨郎也回身看見了倒臥在主屋簷下，渾身僵硬多時的母女二人。

他一瞬間崩潰了，連滾帶爬地衝向燕娘和寶娃，絕望淒厲叫喊了起來……

樸實熱誠的鄰居們也忍不住紛紛踏進門關切，這才知道方家居然發現了這樣的人間慘事。

可憐他們溫暖寧馨的一家三口，竟一夕之間天人永隔、支離破碎。

「你們說，這兩日都沒見周娘子？」裴行眞望向院子裡幾名鄰人，還有那些擠在門口探頭探腦的，問道：「不知在場有哪位鄉親，可以說出最後一次見到周娘子是在何時？她當時正在做甚？可有何異狀？」

鄰人們面面相覷。

一名大娘遲疑開口：「……回大人的話，如果老婆子記得沒錯的話，大概四天前，我正在家門口剝豆子，見方貨郎挑著裝得滿滿當當的貨擔要出門，周娘子抱著寶娃送方貨郎出來，還同我聊了兩句，後來周娘子就回屋了，那是我最後一次瞧見她。」

「還有其他人在這之後見過周娘子母女嗎？」

鄰人們你看我我看你，相互都在低聲叨叨詢問對方瞧見沒有？

「大人！前幾日我幫我娘去油鋪子打壺油的時候，見著了周娘子抱著寶娃從外頭回來。」

裴行眞和拾娘順著聲音方向望去。

門外一個挨挨蹭蹭在人群中的小少年努力擠了進來，含著淚，吸吸鼻子怯怯道：「大、大人，周娘子人很好，她那日買了好些錢家鋪子的蒸餅，還親切地拿了兩個與我吃，我、我也把我編的草蚱蜢給寶娃妹妹，妹妹很喜歡。」

來。

小少年瘦巴巴的，雖然滿臉怯弱害怕，手腳都在發抖，還是努力鼓起勇氣站出

從鄰人的交談聲中，裴行真聽明白了，小少年原來是巷子裡可憐的拖油瓶，有個凶巴巴又愛喝酒的繼父，他娘又懦弱，所以他在家裡常常飽一頓、飢一頓的。

鄰里們也不好管旁人家事，但只要見著了他，都會偷偷塞些吃食給他。

周燕娘溫婉心善，偶而撞見小少年，也會拿些餅子或粟米飯菜，叫他吃完了再家去。

裴行真走過去，摸了摸小少年的頭，鼓勵道：「孩子，你可還記得那是幾日前？」

小少年萬萬沒想到這位生得神仙般好看的年輕大官，居然會不嫌棄地摸自己的頭，不禁愣住了，下一瞬，他激動地漲紅了消瘦蠟黃的小臉，仰望著急急道——

「大、大人，我記得，那是三天前！周娘子還同我說寶娃最喜歡吃錢家舖子的蒸餅，又軟又香，寶娃自己能吃掉大半個呢。」

話畢，小少年眼圈兒又紅了。

這麼好的周娘子，那麼可愛的、會甜糯糯喚自己哥哥的寶娃……怎麼就偏偏遭遇了不幸呢？

爲何好人總是受苦？

「好，謝謝你。」裴行眞目光溫和，又摸了摸他的頭。

他再環顧四周眾人。「在那之後，還有人見過周娘子和寶娃嗎？」

鄰人們抓耳撓腮，回想了半天。

還是剛剛那位剝豆子的大娘忽然「啊」了一聲！

「大人，我想起來了，前天早上，我在院子裡頭晾衣服，好像聽見隔壁方家有人敲門，模模糊糊的，像是聽見周娘子和一個女子說話聲兒……」

「妳可聽見她們說什麼？」裴行眞眸底精光一閃。「可知道那女子的身分？找周娘子做甚？」

「沒留神聽，好像說到『衣服』、『生辰』什麼的……」那大娘努力搜腸刮肚回想，最後苦著臉道：「大人，我眞不記得了，她們小娘子家家的說話都細聲細氣的，不像我們這些婆娘大嗓子慣了，當眞是聽不清呢！」

「已經是有勞大娘了。」裴行眞清雅拱手。

大娘老臉一紅，喜不自勝。「哎呀大人您客氣了，客氣了，我再仔細好好想想啊，等會兒要是想起了什麼，一定馬上稟報大人。」

「好，多謝。」他微笑。

「大人，我們這條巷子鄰居就是感情好，平日各家各戶都是敞著門，大夥兒四處串門兒閒嘮嗑，」熱心的王老爹也忍不住道：「所以周娘子這兩日門都關著，我們才想她是不是趁方貨郎出去做買賣，就帶著孩子回了娘家什麼的。」

「唉，誰知她們母女倆竟會遭此不幸……」大娘難掩感傷，偷偷拿袖口抹了抹眼淚。

「你們既然白日大多都在家，那便沒聽見方家傳來什麼異常的聲響……比如打鬥，或有人高聲呼救？」裴行眞再問。

「眞沒有。」鄰人們肯定地搖頭。

「回大人的話，莫說白日了，就是大晚上的，我們屋舍挨得近，隔壁鄰居家若動靜鬧得大了點兒，總能聽上那麼一耳朵的，可這幾日眞沒聽見什麼不尋常的聲響。」

「是呀是呀，誰家夫妻吵嘴，誰家漢子發酒瘋喧嚷不休，還有誰家打罵孩子，哪家的狗狂吠不停……只要聲音大了點，鄰里間又有誰聽不著？」

「方貨郎，」裴行眞望向猶如失了魂魄的方貨郎。「你說你四日前出門下鄉賣貨，那麼都分別去了哪些地方？在何處歇腳？又有哪些人見過你？」

方貨郎悲傷茫然的瞳孔突有一霎的劇烈收縮，他滿滿不可置信地怒瞪著裴行眞。

「大人，您、您爲何這樣問草民？」

裴行眞眉心微蹙。「你冷——」

「莫不是……大人想暗示燕娘和寶娃是我殺的？」

裴行眞眼神冷了冷。

「今日草民無辜喪妻失女，恨不能一頭撞死，追隨她們母女而去，」方貨郎顫抖了起來。「草民現在還苟延殘喘著一條賤命，不過就是想爲她們母女申冤，討一個明白……大人怎麼忍心把這樣的罪名安在草民頭上？」

裴行眞不發一語，也不爲自己做解釋。

鄰人們聞言登時全場嘩然，雖然不敢責怪官員大人，卻也忍不住爭相幫方貨郎說話——

「哎呀大人，您可千萬不能冤枉好人，方貨郎和周娘子感情好的哩，就從沒見他們吵過嘴。」

「對啊對啊，大人，這周娘子每每提起自家夫郎，滿臉都是笑容，還說她在娘家過得並不如意，是嫁給了方貨郎後，才眞正有了家，可見得方貨郎是個好夫婿，疼老婆和孩子疼得緊呢。」

「方貨郎待人那般和氣，又怎麼會殺害自己的娘子？」

「大人您那麼大的官兒，也不能張口就來，隨便怪罪好人哪！」

裴行眞面對「群情激憤」和方貨郎突然暴起的痛苦憤怒，半晌後，忽地一笑，依然不慌不忙，從容溫和開口：

「雖說，在過往諸多案件之中，無論是夫死或是妻死，活著的那一個都涉有一定的嫌疑。」

方貨郎眼眶憤怒得燒紅了。

裴行眞神色淡定道：「但本官方才問你的是這四日的行蹤，還有你都見過了哪些人，並未指你就是凶手。」

方貨郎一震。

適才還頭腦發熱、見義勇爲的鄰人們也一頓，而後面面相覷……

呃，好似……也對呢！

「所以方貨郎，本官不明白你爲何反應如此激動？激動到不惜挑撥鄉親鄰人爲你高聲抱不平？還有，你又是憑何爲據，第一時間就聯想出本官在暗指你是凶手？」

方貨郎呼吸一窒，臉色微微白了白。

「方治，」他沉靜嗓音不怒自威。「回答本官！」

方貨郎一顫，呼吸粗嘎急促，片刻後哽咽嘶啞道：「大、大人，雖然我在您這樣的大人物眼中可能微不足道如草芥，可這不代表大人就能隨意誣衊我愛重妻兒的心，您剛剛問我四日內的行蹤，不就表示您在懷疑我嗎？草民爲自己辯白又有何不對？」

裴行眞挑眉。

以一個民間走街串巷的賣貨郎而言，這方治的思慮反應未免也太過縝密敏感，口才更是「格外出眾」。

一般尋常老百姓面對官員和上位者，哪裡能有這般的膽氣？除非……

除非方貨郎不只是個單純的貨郎，非寒門出身，而是曾爲世族之子，並未有庶民先天對世族門閥的敬畏。

否則，便是他早已在心中復盤推演過無數次今日發生的事，該說什麼、該做出什麼樣的反應？

裴行眞微瞇起眼，透出一絲深沉的探究。

「如果大人並不是眞心要爲我娘子和我女兒作主，只是想隨便找個凶手就這樣交差了事，那草民不服！」方貨郎嘶聲地痛喊：「——草民要報請縣官大人來幫忙查明我妻女眞正的死因，還她們和草民一個公道！」

◆

方貨郎的話再度引起了鄰人們的共鳴，人群又開始議論騷動了起來。

雖說刑部侍郎和司法參軍對小老百姓而言，是大得不得了的官兒，可終究遠得彷彿相隔在天邊雲端，沒法眞實感覺到這份官職所帶來的沉甸甸威壓。

而一地的縣令大人才是他們的父母官，是罩在他們頭上的那片天，相較下，縣太爺的「官威」自然更能令他們信服。

「大膽！」玄機和玄符沉喝一聲。

鄰人們又齊齊哆嗦龜縮了起來。

裴行眞不動聲色，長袖微擺，止住了玄機和玄符。

不過，這下他越發確定——

方貨郎肯定和其妻女之死脫不了干係。

打從一開始到現在，方貨郎就表現得如同任何一個痛失嬌妻愛女的男人一樣，從震驚、不信、悲痛、嚎啕到茫然和絕望。

可就是太完美了。

彷彿每一步堆疊累加的情緒都要精準地踩在「對」的鼓點上，但太過精準，也就失眞。

人性複雜，尤其是情感，不同人面對悲傷和慘痛的反應雖說是大同小異，卻也會因性格而產生細微的分別。

裴行眞看過太多案子，也看過太多受害者家人和凶手。

受害者的親人都會有一個共同的反應，就是一開始受到噩耗的衝擊時，會有一段時間的……絕望震驚到麻木呆滯。

因爲痛苦和打擊太過沉重，人的精神和心本能地不願意相信和承認這一切的發生，所以行爲舉止和表情會顯得僵愣和遲鈍。

好似藉由這樣徒勞無功的抵抗，就可以阻擋他們「接受眞相」的腳步，就能不用去直面，他們眞正失去了所愛之人的現實。

當然，固然也有極少數人的反應是不同的。

但方貨郎所有的情緒都太飽滿了，無論是震驚還是悲慟，茫然還是激動憤怒，甚至還有心思去辨別他人話中含意，靈活地及時尖銳反擊……

由此可知，方貨郎此人心思老練，絕不是外表所呈現的那樣和藹靦腆溫秀。

所以他和周娘子，當眞如他表現出的、鄰人眼中看見的夫妻恩愛嗎？

一個破綻違和點既出，那麼原本看似理所當然、嚴絲合縫的種種，也會經不起反覆推敲……

不過此番心緒琢磨，裴行眞卻沒有露出絲毫痕跡於神情上，而是緩聲開口，隱含安撫——

「方貨郎，本官並未直指你是凶手，不過在釐清燕娘和寶娃眞正的死因前，我們不能放過任何一種可能與追查的線索。本官要知道你這四日的行蹤，也是想爲你排除犯罪之嫌，難道你不願？」

方貨郎額上方才磕頭時弄破的傷口血跡凝乾了，周圍肌膚也紅腫瘀青起來，和著他腥紅的雙眼及淚水縱橫的面頰，看著越發狼狽淒涼如受傷的困獸。

聽出裴行眞語氣已有軟化，甚至微帶一縷愧疚，方貨郎也慢慢冷靜了下來。

「草民自然是願意的，只是、只是大人不能冤枉我。」方貨郎抹著眼淚，哽咽道：「她們娘倆是我的命啊……」

就在此時，拾娘驗完了屍，縫合了屍首，低首合掌爲她們母女唸了往生咒，這才淨手理衣，打開了門。

眾人聽見聲響，不約而同望了過去。

禮。

「參軍大人……」方貨郎眼巴巴。

「等著！」拾娘冷冷道，而後繞過他走向裴行眞。

別以爲她在裡頭就沒有聽到外頭的擾攘喧鬧，以及方貨郎對裴大人的喝斥和無

赤鳶也悄無聲息地去往玄機佇立處，附耳過去說了兩句什麼，但見玄機一怔，點了點頭，隨即消失在人群中。

「拾娘，如何？」裴行眞體貼地自腰間蹀躞七事中的佩囊裡，取出了兩小枚「五香圓」，笑眼溫柔。「來，含著舒服些。」

這「五香圓」是以丁香、藿香、青木香等五種珍貴香藥製成的蜜丸，常含可保口香、體香，且能止煩散氣醒神。

拾娘心下泛起一絲甜意，又有些陌生的羞赧和不自在，匆匆接過入口，語音模糊道：「多謝大人。」

「還好嗎？」他看得出她對寶娃之死觸動甚深，憂心她親手剖驗了小女娃，心

下越發難過。

他也發現了，在前次無頭屍案中，武侯姜羅羅的義子柳保兒之死時，就讓拾娘分外難受。

他能理解她的心情，稚子何其無辜，他們是最爲弱小、最不懂得保護自己的人，面對這世上絕對強勢的惡意，毫無抵抗之力。

所以天下才需有律法的存在，公正嚴明，明鏡高懸，叫爲惡作歹者無所遁形。

「屬下沒事了。」她輕輕道，而後拱手報告。「大人，據屬下驗屍研判，燕娘約莫死亡兩日左右，頸項有自己掐握抓傷的痕跡，身上有紫黑色腫脹團塊，尤其集中胸口和後背，疑似起鬼塊疙瘩，這鬼塊疙瘩是——」

「是癮疹？」

她睜大眼。「大人也知道癮疹？」

「朝中曾有位諫議大夫，只要動怒，渾身就有如針刺、起紅腫疙瘩並奇癢難當，生不如死。」他道：「後來經太醫號脈，確定是癮疹之一。」

拾娘一怔，有些同情。「諫議大夫雖然官職不高，卻可『諷朝政之得失、諫皇帝之功過』，每日上朝都免不了爭論動氣，這名諫議大夫確實有點慘……不過，後來太醫如何診治？能治好嗎？」

「太醫建議他轉職，到禮部的祠部任祠部郎中，掌祠祀、享祭、天文、漏刻、國祭、廟諱、卜祝、醫藥、僧尼。」他一本正經道：「此職務可莊嚴隆重平心靜氣，無須動怒，自然不藥而癒。」

「……太醫眞是『好醫術』。」拾娘清了清喉嚨，不過更同情那位御史大夫了。「可那諫議大夫不會同意吧？」

從握有實權的正五品上諫議大夫，一下子降職到從五品上的清貴冷衙門，不啻於天差地別之分。

裴行眞嘴角微揚。「他不同意，但沒法子，因爲依他的資歷也唯有『祠部郎中』一職最爲適合，後來聖人親自開口，定了此事。」

令人大快人心的是，該位諫議大夫乃中書侍郎徐公的親信爪牙之一，每每仗著職位之便，行排除異己之事。

若非有魏公還壓著，那人的囂張氣焰恐怕都要竄上天，不過自罹患癮疹後，雖不想辭官，也只好乖乖咬牙含淚去做了祠部郎中。

「聖人英明。」拾娘若有所思。「不過，周娘子的癮疹又好似和尋常的風疹、血風、赤疹不同，發作之時如雪崩之勢，猝不可擋……所以屬下研判，她接觸到的發物定然十分厲害，能令她和寶娃在瞬息間窒息而死。」

「剖驗結果如何？那致死的發物，是經由吃食吞服入腹嗎？」裴行真神情嚴肅。

「……剖驗後，發現周娘子咽喉舌頭氣管嚴重腫脹，肺臟有發紺現象，而切開的胃袋裡有糜狀的食物殘渣，其中摻雜著尚未來得及克化的米粒混合在胃液內。」拾娘輕聲道：「赤鳶阿姊查過了灶房，裡頭的米麵芋臘肉等物，看著都是尋常食用的，所以致死發物並未在其中。」

「也就是說，她死前半個時辰進食過，若按午食時間推算回去，她應當在午時初到午時末之間死亡了？」裴行真腦中迅速度算而出。

拾娘鄭重點頭。「是，屬下也這樣認爲。」

鄰人們雖然沒聽清楚他們壓低聲交談的內容，但光只隱約聽見「切開」和「胃袋」等字眼，無不臉色發白，摀緊了嘴巴。

——天老爺！這位看著清清冷冷的英豔女郎，居然還是個敢剖屍的女煞神?!

方貨郎臉色慘白，又淚流滿面，喃喃道：「我可憐的燕娘……」

裴行眞眼含深意地看了拾娘一眼。

她微微頷首，而後沉聲問方貨郎：「方治，你是周娘子的夫郎，可知她曾對什麼發物忌諱？或者曾食用或吸入過何種發物，身上起過紅腫丘疹？」

方貨郎呼吸有一瞬間的停滯，手微動，旋即貼平在雙腿側……而後面露迷茫之色地搖了搖頭。

「……回大人，沒有，草民從不曾聽燕娘說過她對發物之類的東西忌諱，對了，草民閒時也去附近溪流撈捕過河蝦蟹回來添些鮮味，燕娘很是喜歡，食後身子也無恙。」

他停滯的動作稍縱即逝，且後來幾乎未中斷地侃侃而述，表現得甚是自然。

可裴行眞從剛剛到現在，便格外注意方貨郎的面部表情和手部動作，立時捕捉到了那一息的幽微異常。

那一霎的胸膛起伏與停頓……手指不自覺想握成拳，又像是記起該故作放鬆……最後緊緊貼伏在腿側……

在在證明，他適才因爲拾娘的問話而緊張了，只是又不想被人察覺，所以在理智和本能兩相拉扯下，就出現手指欲蜷縮又舒張，最後索性牢牢貼在腿側的舉動。

裴行眞不動聲色，忽問：「方才那位大娘提起，依稀聽到前日有女子敲門，和周娘子言談間有提及『衣服』和『生辰』之詞，是你或者周娘子還是寶娃，近日將過生辰麼？」

「大人……爲什麼要這麼問？」方貨郎睫毛微顫，抬眼時一臉迷惘。

「不能說？」裴行眞挑眉。

「自然沒有什麼不能說的，」方貨郎強顏歡笑，面露悲戚。「實不相瞞，燕娘的生辰就在明日，這也是草民今早匆匆趕回家的原因。每年生辰，我都會親手爲燕娘煮兩枚雞蛋，下一碗雞湯麵，給她過生，可沒想到……」

「周娘子母女身上穿了漿洗過的新衣，」拾娘接口問：「那新衣衫是你在布莊命人做了送與妻兒的，還是周娘子自己買的？」

「草民並未買新衣給燕娘和寶娃，」方貨郎慚愧地低下頭。「草民每月走街串巷賣貨所得，養家活口是足夠了，卻沒能幫妻女添幾件華衣首飾，她們母女跟著我，沒過過幾天好日子……」

說著說著，方貨郎再度落下淚來，又急忙拭了去。

「所以你不知道新衣的事？也不知道衣裳是哪家布莊裁製好送來給周娘子的？更不知那日可能來送衣的女子是誰了？」拾娘追問。

方貨郎對此都是一連串茫然不知的搖頭，接著有些怯怯地反問：「參軍大人，您問這些……難道是懷疑我娘子和寶娃的死，和那個女子有關？」

「那女子當日來過後不久，周娘子母女便窒息身亡了。」拾娘淡淡地道：「縱使不明出現的衣衫沒有問題，我們也會找出這名女子，盤問出若干可能的線索來。」

方貨郎似懂非懂，哀傷道：「我娘子性情溫軟，從來都是與人爲善，若當眞是有人蓄意謀害她和寶娃，草民眞不知道那人究竟爲何要這麼做？」

鄰人們也感慨連連。

「方貨郎，稍早前本官問過你的問題，你還沒有回答。」裴行眞突然道。

方貨郎一愣。「什麼？」

「關於你過去四日的行蹤。」裴行眞重複道：「你去了哪些村落？都見過哪些人？其中三晚在何處歇腳過夜？有沒有人能爲你作證？我說過，求證你的行跡，也是爲你洗脫罪嫌，你究竟在怕什麼？」

「草民不是怕！」方貨郎巍然不懼地挺直了背脊，嘶啞有力地道：「草民沒有做虧心事，沒有謀害妻兒，草民自然沒什麼好隱瞞，也無須懼怕！」

「那就好。」裴行眞微笑，大袖一擺。「說罷。」

方貨郎深吸了一口氣，一一數說敘述起——

「這四日，草民從鎮上往東邊兒出發，挨個兒去小杏花村、萬石村、羊蹄村、柳村和烏村、李村……草民每到一處，都會先跟當地村正招呼一聲，且村里大大小小、男女老幼，都會循聲出來跟草民買些杯盤、扇子、葫蘆、針線等物，大人不信，儘管打聽便知。」

「然後呢？」裴行眞無視他最後一句的賭氣，神情平和地問。

「這些村子隔得遠，草民往常一趟出門只去兩、三個村子，天晚了就借住村裡的祠堂，有時恰好錯過了宿頭，窩在半路上的山神廟過夜也是有的，可草民都盡量趕在兩、三日內回家。」

漸漸地，方貨郎語氣落寞哀傷起來。「……我自是捨不得離開她們娘倆太久的。」

「那這次爲何出去了四日之久？」裴行眞挑眉。

「羊蹄村在深山坳裡，光是路程就得走上半日以上，往常草民是不大去的，可正因爲羊蹄村遠，所以平常少有貨郎進村，偶而去一、兩回，總能賣空大半的貨，得好些銀錢。我尋思著開春回暖了，也好進山，若是貨賣得好，就能買支銀簪給燕娘賀生辰了。」

見方貨郎交代得清清楚楚且有理有據，裴行眞若有所思，而後望向玄符，略一頷首示意。

玄符一拱手，奉命而去。

「清查確認你所說的行蹤是否屬實，需要些時間，」裴行眞對方貨郎道：「在此之前，我與卓參軍會搜查你和周娘子所居之所，再找尋其他線索痕跡，爲維護命案現場，請方貨郎暫且在此地莫擅離，至於其他鄰人……」

鄰人們也紛紛表示要留下來，他們想看著大人們破案，還周娘子和寶娃一個公道。

「一切但憑大人作主。」方貨郎低下了頭，眼圈又紅了。「草民也想留在燕娘和寶娃的身邊，再不離開她們了。」

✦

武德七年，始定律令，百戶爲里，五里爲鄉，四家爲鄰，五家爲保，在邑居者爲坊，在田野者爲村，村坊鄰里，遞相督察。

另一頭，玄機來到了鹿鄉鎮上，直接找了鄉長和鄉丞，找出鹿鄉鎮轄內所有的布莊和繡舖。

張鄉長是個瘦長留山羊鬍的中年人，看著耿直樸實而不失精明，一見魚符和令牌後連忙持執手禮。

「鄉長免禮，正事要緊。」玄機頷首致意。

儘管滿肚子的好奇疑問，張鄉長還是識趣地閉上嘴巴，趕忙讓鄉丞去把侍衛大人要的東西找出來。

玄機一目十行地翻看過造籍冊和商戶冊後，頓時牢記於心，俐落瀟灑地一執手。「有勞，告辭！」

「呃，侍衛大人，您可是想在鎮上做衣——咦？」張鄉長向來關心鄉里諸事，終究憋不住想旁敲側擊打聽。

可話還沒說完，只覺眼前黑影一閃，再定睛一看……哪兒還有人？

張鄉長揉了揉眼睛，有些神情恍惚地回頭看了胖胖的鄉丞一眼。「剛剛那位侍衛大人……」

「喔喔喔，剛剛那名侍衛大人是忽地大鵬展翅一般，就這樣咻地飛了出去。」胖胖鄉丞圓臉討喜，開始唱作俱佳地生動比劃起來。「然後腳尖一點又躍上了對面屋簷，只驚得樹上寒鴉嘎嘎……」

「……曹鄉丞，你最近又溜班去聽說書先生講撈啥子遊俠傳奇了吧？」鄉長面無表情，強忍著想一腳踹胖胖鄉丞屁股的衝動。

胖胖鄉丞一噎，心虛地眼神亂飄。「回鄉長，屬下那是在體察民情。」

「對，然後體察出來的『民情』全都進你肚子了。」鄉長磨牙。「裡頭沒少裝瓜子栗子核桃酥糖和麵果兒吧？」

胖胖鄉丞努力縮著鼓鼓的肚子，陪笑道：「沒有沒有，您誤會了，是這袍子前幾日漿洗得不好，縮水了……」

鄉長眼角抽搐了一下。「你猜本鄉長信不信？」

「……不信。」胖胖鄉丞縮了縮脖子。

「再去胡吃海塞聽說書不幹正事，老子打折了你的狗腿！」

「舅舅不要啊……」

下一刻，門砰地關上，而後裡頭開始傳出胖胖鄉丞熟悉的嗷嗷慘叫。

附近的鄰居和商戶店家都見怪不怪了，這鄉長三天兩頭就關門打胖崽子，已儼然成了鹿鄉鎮上的一景。

不過說書先生倒是又有了新的段子可講，比如——「胖鄉丞巧舌辯清白」、「怒舅父痛鞭不肖甥」亦或是「張公捲袖罵小賊」、「鄉丞敗走鑽狗洞」云云。

第四章

玄機不知自他走後，張鄉長和曹鄉丞那不可說的二三事，而是迅速去走訪了鹿鄉鎮八間布莊和三間繡鋪。

八間布莊內，有四間是只賣布料不幫忙裁縫衣衫，也未賣成衣，另外四間是「浣紗閣」、「朝霞莊」、「素錦行」、「王氏布行」。

三間繡鋪中有規模大些的，比如聘僱了十數名繡娘的「殷娘子繡行」，還有僅有三、五名繡娘，卻走細緻上品路線的「綺羅衣鋪」，以及不繡衣衫紋樣，只專繡大件屏風或榻上小插屏等物的「富貴錦繡莊」。

玄機摩娑著一只小方勝的布料，這是赤鳶從周娘子屍身裙角處裁了後，交與他的。

平民穿的衣裳多為麻布葛布所縫製，不是原來麻、葛的本色，就是赭綠、靛藍、青黑等易染且不易見髒的顏色。

若是得了些好的料子，皆是在隆重的場合才捨得穿出來，可周娘子母女這一身新衣卻是布料淺黃，觸手綿軟。

尤其紋樣上針腳整齊、配色清雅，繡的還是蝶戀花。

雖然不及長安多數繡樓那樣的精緻出彩、巧奪天工，可也不見呆板粗樸，穿針引線繡花之人，顯然還是有幾年女紅功夫的。

他一一遞與布莊和繡舖們的掌事人看了，其中「殷娘子繡行」的殷大娘一眼就認出了，這蝶戀花的手法是出自她家舖子的繡工之手。

「大人，這料子是『素錦行』最下品的絹布，往常有布莊在織染絹布時出了岔子，便會將該批絹布用草木灰浸染，晝暴夜收，如此反覆七個日夜，便能漂白。」

殷大娘解說時，保養柔嫩的指尖輕輕在小方勝上搓揉。「因爲是漂白過後的絹布，自然失卻了七分的細滑輕軟，便會被打爲下品絹布，重新染過其他的顏色，再低於市價三、四成賣出，藉以節省損失。」

玄機聽得仔細。「那妳又是如何確定上頭的繡工，出自妳家繡行？」

「大人，每家繡行繡技針法看著相似，可卻各有千秋；正所謂繡工通畫工，誰人的手筆，旁人便是想仿效，也只能學得了形而學不了神。」

玄機翻來覆去，就沒看出哪兒不一樣。

「還有，」殷大娘指出那一小塊方勝上牡丹的蕊心。「只有我家繡行在花蕊的部分，會特地用金銀線交錯繡出燦燦光影，這針法爲我殷氏獨創，也只授與在繡行三年以上的繡娘。」

玄機乃典型的突厥漢子，原本對中原長安這些精緻旖旎綺麗織物是沒啥概念的。可誰讓他阿娘畢竟是東突厥阿史那小公主，在他們一行人中，他是除了門閥貴公子裴侍郎以外，最常見過好東西的人了，所以這才被赤鳶支使了來查布料線索。

聽了殷大娘的話後，他接過那塊小布料，在日頭上仔細看了牡丹花的蕊心，果然察覺出影影綽綽的光芒來，頓時心下一定。

看來，眞是找對地兒了。

「再說，我家繡娘技藝只在中等之間，」殷大娘也不諱言地道：「技藝不如我家的繡娘，卻想繡得和我家的一樣自是不能，而精湛的繡娘想往壞了繡容易，可舉手投足間的針黹功夫和靈動感，藏也是藏不住的。」

玄機想起自家大人左手寫的字，都能遠遠甩他右手寫出的粗獷大毛蟲九條街……一時陷入了沉默。

嗯，真他娘的太有道理了。

「如此就太好了，」玄機回過神來，疾聲道：「那妳可認得方貨郎家的周娘子？」

殷大娘一愣。「方貨郎……大人說的是，那個十里八鄉有名的小方貨郎嗎？」

「他很有名嗎？」

殷大娘抿著唇笑了。「這般靦腆斯文秀氣的後生，偏偏人又親善嘴又甜，又有哪個買過他東西的顧客不記得？況且他批的就是我家的針線下鄉賣，每個月也能幫繡行掙二、三兩銀子呢！」

玄機深邃眸底微微一閃。「殷大娘同他相熟，那可知他外頭風評如何？可曾有與誰結過怨？還有他和家裡娘子感情好不好？」

「這……」殷大娘有些困窘，歉然道：「大人，奴家也沒有同他相熟到這個地步。大人，是出了什麼事嗎？」

「那麼妳繡行裡的帳冊，能查出前日是誰取了這兩套淺黃色衣衫襦裙送與周娘子家的嗎？」玄機補充了一句：「還有，這兩套衣服當初又是誰買的？」

殷大娘趕緊跟掌櫃使了個眼色，掌櫃忙捧來厚厚的帳冊，可翻來覆去了半天，冷汗都冒了出來，偏偏查不到有這筆。

殷大娘也慌了，親自接過翻查數次，喃喃地道：「怎麼會沒有呢？我明明記著那批布料都是我家拿下的，怎麼竟沒有賣出的紀錄？」

玄機心念一動。「莫不是繡行裡有人乘機偷取了一匹，拿去裁繡了這兩套衣衫襦裙？」

「不可能，」殷大娘本能搖頭。「我繡行裡的繡娘都是極安分的，還是附近幾個村兒知根知底的女郎，這些年來從沒出過亂子，況且刺繡最磨人的性子，不可能會做出偷盜布料的事兒來。」

玄機嗤之以鼻。「妳也認出了這兩套衣衫襦裙的布料和女紅均是出自妳家，可卻並無買賣紀錄，事到如今，殷大娘莫不是想爲凶手隱瞞？」

「什、什麼凶手？」聞言，原本氣定神閒的殷大娘臉色瞬間發白。

「妳方才說這花蕊上的技法只有『殷娘子繡行』裡待了三年以上的繡娘才能得妳傳授，」玄機眉心煞氣一閃。「殷娘子！勞駕妳現在立時點出繡行所有三年資歷以上的繡娘，全跟我走！」

「大人……」

「是妳要自己請，還是要本官調人馬來請？」玄機濃眉聳高高，齜出雪白森森的牙。

殷大娘膝蓋一軟，險些跪了下去……

「奴家聽命！」

✦

而方家這一頭——

裴行眞和拾娘也未浪費時辰空等，他們二人兵分二路，裴行眞繼續在外頭談笑間「套話」，拾娘則進方家搜查任何可疑線索。

忽然，有個憨厚好奇地男聲在門外人群中響起——

「麻煩讓讓，讓讓……」

擠在門口的鄰里鄉親們看見提著兩手油紙包蒸餅的錢大郎，忍不住道：「呀，錢老闆你來湊什麼熱鬧？」

錢大郎滿頭都是汗，聞聲咧嘴一笑。「我不是來湊熱鬧的，我是來送餅子的。」

話聲甫落，卻見鄰人們不知爲何都一臉古怪地看著自己。

錢大郎吞了口口水，因緊張就本能地開始解釋：「那個……方貨郎一早跟我買蒸餅，可那時餅子還沒出籠呢，我便說過午以後那一籠出爐了後，再給他送來……不過，方貨郎不在嗎？還是我等會兒再來？」

「唉，方貨郎眼下可沒心情吃你家的蒸餅了。」有個熱心的鄰居好意地開口解說，嘆氣連連。「錢老闆你還不知道，方貨郎家出大事了，周娘子母女兩天前死了，長安來的大人現在正在裡頭查凶手呢……」

「——什麼？周娘子死了兩天了？不可能啊！」

錢大郎憨厚老實的臉上瞬間一僵，忽聽啪答重物落地聲，原來是他嚇得一鬆手，蒸餅都掉了。

方家屋舍不大，是以門口這動靜和異常狀況，立時就驚動了身長玉立、幹練雍容的裴大人，他霍地抬起頭，大步而來。

「爲何你說不可能？」

下一瞬，本在裡屋查檢的拾娘也身形如飛鷹地疾射而出，甚至搶在裴行真之前，手一把扣住了錢大郎的肩頭。

「你知道些什麼？」

「啊……我我我……」有些恍惚哆嗦的錢大郎頓時又被嚇回了神。「妳、妳、妳想幹啥？」

「爲何你說周娘子不可能死了兩天了？」拾娘眸光犀利。

裴行眞來到了她身邊並肩而立，見錢大郎又羞窘又慌亂的模樣，還有扣在其肩頭上的拾娘的手，心口不合時宜地冒出了一縷子酸溜溜的醋意來……

他默默地把她的手從別的男人身上牽了回來，在接觸到拾娘一臉莫名其妙時，清了清喉嚨，此地無銀三百兩地道：

「咳，他不會跑的。」

拾娘不解，不過倒也沒想到旁的去，只以爲裴大人自有深意，便也從善如流地點了點頭。

「好的，大人。」

裴行眞赧然心虛地摸了摸鼻子，隨即面向錢大郎，一臉嚴肅。「錢老闆，周娘子確實死於兩天前，可你為何說不可能？」

「因為周娘子她……」錢大郎不由聯想到當時周娘子冰冷微潮的指尖，還有油燈高照時，她突然驚怕閃躲畏光……

錢大郎霎時渾身寒毛直豎！

可再一想自己昨兒晚上接手過的銅錢，可一枚枚都是不折不扣的開元通寶啊！於是，方才有那麼一霎充斥在他腦子裡，什麼女鬼上門買東西，過後店主才發現收的是死人用的冥錢等等鄉野奇談的念頭……瞬間收了個乾乾淨淨。

那十幾枚銅錢不假，昨晚夜深了，他也懶得再放回鎖上的錢匣子，便隨手放進了自己袖袋中，出門前還沉甸甸墜得慌呢！

「昨晚，周娘子去我舖子裡跟我買了十幾個蒸餅啊，」錢大郎本就是個思想單純的憨漢子，在確認了是自己嚇自己後，便吁了口氣。「我沒認錯，就是周娘子。」

「娘喂——」只是此番話一出，全場眾人無不狠狠倒抽了口涼氣！

不對，是……見鬼了啊啊啊啊！

方貨郎卻是聞言猛然抬頭，跌跌撞撞就要衝到錢大郎面前，被裴行眞長臂一舒，擋在了他們二人中間。

「……錢老闆，錢老闆你說昨晚還看見了我娘子去跟你買蒸餅？你說的是眞的嗎？」方貨郎不敢衝撞裴大人，卻掩不住呼吸急促，哀聲急問。

錢老闆被他狀若瘋魔的模樣嚇了一跳，後退了一步。「是、是啊，周娘子打著傘，大晚上的凍得直發抖，她說孩子餓了，所以她來買蒸餅。」

方貨郎淚流滿面。

「你家寶娃向來最喜歡吃我家的餅子了，周娘子兩、三天就來買上一回，我不會記錯的。」錢老闆道：「還有，周娘子昨晚還給了我十幾枚買蒸餅的銅錢，你們不信的話，那錢還在我袖袋裡，我拿與你們看。」

錢老闆大剌剌地一把將袖袋裡的十幾枚銅錢掏出來，攤在了手掌上，日頭照射下，銅錢閃閃發亮。

「——錢老闆，該、該不會是你昨晚撞鬼了吧？」有鄰人失聲衝口而出。

「……不會吧？昨晚的周娘子買蒸餅都付了錢了，況且她腳下有影子的，又怎麼會是鬼？」錢老闆聞言唬了好大一跳，本能地反駁。

可他理直氣壯說完後，又一個恍惚——昨兒夜那麼黑，他眞的有仔細注意過周娘子……眞有影子嗎？

方貨郎又哭又笑，聲音嗚咽破碎。「昨晚……竟然是昨晚……只相差了一晚，我與她們母女便天人永隔……燕娘，我的燕娘和寶娃啊……」

方貨郎淒厲的聲音驚得四周鄰人寒毛直豎，可見他哭得那般絕望悲慟，又令人忍不住爲之心酸。

只是對裴行眞和拾娘而言，周娘子確定無誤的死亡時間，卻一夕間全盤被推翻了！裴行眞和拾娘相視一眼，神色凝重了三分。

如果這位錢老闆不曾與方貨郎有所串通，如果他說的話都是眞的，那麼原以爲理順的思路和線索，就錯亂了。

只是……拾娘的驗屍功夫素來精湛，見過的屍首多不勝數，人會騙人，可屍體不會。

屍體在露天或水中或土中的腐敗程度各自不相同，經由時間的催化下，還是會有其必然固定的進程。

過往也曾有行凶者殺人後，將人掩埋入乾土深窟之中，延緩其腐化速度，再挖出暴露於日光下，藉此以假亂眞，試圖混淆其正確的死亡時間。

但周娘子母女衣衫齊整乾淨，倒臥於屋簷下，外觀只有因急速窒息而導致的喉頸抓傷，且胃袋中食物糜化的狀態，也足可證明拾娘不可能判定出錯，說是兩日前，便是兩日前。

——那麼昨晚的「周燕娘」是人是鬼？

——究竟是眞有其鬼？還是另有其人？

——此舉又是單純爲混淆周燕娘的死亡時間？還是有旁的幕後黑手，另有目的？

——方貨郎究竟與妻女之死有無直接關連？

一時間眼前恍有迷霧四起，撲朔迷離，鬼影幢幢……

就在此時，一聲鷹啼長空嘹亮而來！

裴行眞濃眉一軒，熟練地微揚長臂，刹那間風聲擦過，一隻銳目炯炯，剛勁威猛的鷹隼已經落在了他的手臂上。

眾人又是崇拜又是驚嘆嘖嘖，裴行眞已經摘下了鷹隼腳上的精銅小筒，旋出了一張小絹條。

上頭是玄符快馬抵達小杏花村和萬石村，打聽到四日前方貨郎的確去過該處，村正也證實了方貨郎在村裡停留了大半日，過晌午就往萬石村去。

而相隔三十里外的萬石村民也說，方貨郎當晚酉時初左右到他們村兒，是在他們村祠堂過夜的，翌日一早起來賣貨，生意挺好，直到晌午過才出了村，往羊蹄村進山的方向走。

玄符先命鷹隼送信回來，眼下他已繼續策馬進山……

裴行眞撫撫鷹隼，從腰間另一只配囊中取幾顆肉乾餵了，而後一振臂。

鷹隼再度振翅翱翔而去……

拾娘關注地看著他。「大人？」

「士兵一日可行軍三、四十里，」裴行眞低聲道：「方貨郎年輕力強，腳力雖及不上訓練有素的士兵，但日走二、三十里也並非難事，可即便他三天前晌午，自據此三十里外的萬石村離開後，並未眞正往羊蹄村去，而是趕回了鎭上殺害妻女……」

「那麼他最快也要當夜子時過後才能回到鎭上，除非他有驢馬等坐騎代步趕路。」拾娘接口。

「可驢馬蹄聲在夜裡越發響，會驚動鄰里。」裴行眞深深吸了一口氣。「縱使停在鎭外，徒步而入，方貨郎想悄無聲息地進家門而不引起鄰人注意，也並不容易。」

自秦漢以來，五家編戶爲伍，十家爲什，方家和王老爹家等鄰人在鎭上的屋舍，是按典型的五戶緊挨建成，五戶前有路後有巷，仿效長安城如棋盤縱橫。

所以王老爹等人才會說，左鄰右舍間有個什麼動靜，大夥兒都會聽見云云。

……如果方貨郎事發時真的不在鎮上，那麼凶手必然另有其人了？

莫非，真是他裴行真因不喜方貨郎的種種反應，故對此生出了先入為主之心，這才陷入盲點，錯判形勢和線索，致使案情解構走向了歧途？

多年來斷案如神的他，竟犯了最為不該妄自臆斷的大錯？

✦

拾娘鮮少見裴行真眉目神態間，會出現一抹對自身的質疑與晦暗。

她見狀心下一疼，本能衝動地握住了他的手。

「大人，我信你。」

他黯然的黑眸瞬間亮了亮。「拾娘？」

拾娘目光燦然若星，堅定有力地道：「大人，你辦案多年閱人無數，縱使一時懷疑自己的直覺出了錯，可拆解分析出的證據是不會錯的。」

她對他一向有堅如磐石的信心。

自他倆去歲以來相遇至今，已然經歷過許多懸案謎題與生死難關，從一開始的「驛站命案」不打不相識，到經歷「張生案」、「盧氏案」等等……的惺惺相惜，直至今日的兩心相契。

在不知不覺間，他們常常是互相眉眼一動，就能感知到彼此的所思所想，尤其是在對案件的推斷和敏銳上，可說是心意相通也不為過。

拾娘知道，身為刑部侍郎的裴行真裴大人，面對案情有大膽臆測和小心梳理，會商酌思量、抽絲剝繭，且他從來不會傲慢自大地妄下最後結論。

……推敲錯了方向在所難免，但只要追根究柢的心不止息，必然能尋得水落石出的真相。

這是他「教會」她的。

拾娘的鼓舞和溫暖略糙的掌心，迅速驅散了向來精明狡智多思的裴行眞，方才一霎時給自己設下的思慮迷障。

——果然，他是聰明反被聰明誤了。

阿翁曾說過，越善用心計之人，若越糾結太過，越容易把自己給繞了進去，作繭自縛、無法自拔。

但拾娘方才那番話裡的單純直接悍勇，刹那間猶如大刀闊斧、裂山碎石般爲他劈出了一條豁然開朗的思路來！

他心頭暖意融融，眸光再度恢復清明睿智，握緊了緊她的手，此刻只覺滿滿的安心與踏實。

「拾娘。」他嗓音輕柔低喚：「多謝妳，六郎能得妳爲伴，眞乃畢生之幸也。」

拾娘聞言雙頰霎時緋紅如霞，只覺耳際酥麻，心口滾燙，都有些結巴了。

「不、不必客氣。」

她平素難有這般溫情嬌弱柔軟時候，尤其手在他大袖掩映下十指緊扣，又聽了他那般繾綣情深的低語，更是渾身好似有無數蝴蝶蜜蜂同時在她腦子和心裡拍打翅膀，嗡嗡嗡地鬧得不消停。

騷動是眞騷動，不自在也是眞不自在，況且還在青天白日，大庭廣眾之下……咳。

她輕咳了聲，紅著耳朵，正想掙脫開的剎那，裴行眞已然體恤理解地輕輕鬆開了她，心下仍暗暗可惜。

哎，若非眼下案子要緊，抓出眞凶重要，他還眞想大著膽子偷偷親香拾娘緋紅的臉頰一記。

裴行眞忙收束心神，回復溫潤深沉，微笑地轉向錢大郎道：「錢老闆，你方才說昨晚周娘子確實上門買蒸餅了，而你也可以作證，周娘子腳下有影子，並非鬼魅。」

錢大郎被問得有點心虛，努力回想。「回這位大人的話，雖然周娘子昨晚有些奇奇怪怪、閃閃躲躲……可她、她有腳的，不是說鬼沒有腳，是用飄的嗎？我的確是看見她用走的，不是用飄的。」

眾人本來還疑神疑鬼，惴惴不安，聽見他這番話，瞬間噗哧一聲，哄堂大笑。

「錢老闆說的有道理……」

「方才眞是嚇死我了，還眞以爲錢老闆撞鬼了呢！有腳的，自然不會是鬼。」

「說得跟眞的似的，老錢你又怎麼確定鬼就沒有腳？」

一個大娘看錢大郎被眾人的話惹得侷促不安，心下不忍，大著嗓子道：「裴大人呀，我們鎭上的人都知道，這老錢脾性好，人又溫吞善良，是個最老實不過的人了，他不會騙人的。」

裴行眞回眸，對熱情解釋的那個大娘一笑。「嗯，看出來了。」

不得了，竟能得這俊美的如玉郎君朝自己一笑，大娘都暈酥酥了。

裴行眞看向手足無措的錢老闆，語氣越發溫和。「那麼煩請錢老闆說說，你是如何可以認出昨晚的那位，就是『眞正』的周娘子？」

「周娘子怎麼還會有假的？」錢老闆咋舌，脫口而出。

「怎麼就不會有假？」

「可周娘子左臉上那青色的胎記旁人都沒有，很好認的。昨晚夜裡黑，我開門的時候拿了油燈的，雖說周娘子一時畏光躲到了簷下，但她臉上胎記那般明顯……」

拾娘心念一動，她迎視上裴行眞含笑的眼神。

——啊，原來如此。

裴行眞是文人，崇孔孟之道，敬老莊之說，他自然也敬天地鬼神，可他也知道，世上並沒有那麼多的鬼神顯形現身事跡。

尤其事涉命案，無論昨晚的周娘子是人是鬼，事實就是，她和寶娃同時死亡，幕後定然有一個凶手存在。

若只有周娘子一人因疑似癮疹導致窒息，還可說是不小心沾染了發物，令她意外身死，可寶娃也是相同死因，母女倆在同一時間能接觸到發物的機會，若非飲食從口而入，便是吸入或是肌膚觸及……

裴行眞腦中驀然靈光一閃——

周娘子母女同時接觸到的，便是那一襲身上的淡黃色新衫襦裙了！

「拾娘，勞妳……」他湊近她，附耳低語。

拾娘眸光陡亮。「是！」

眾人見這位英姿颯爽的女參軍腳下如風，折身回屋，均好奇地議論紛紛。

方貨郎像是想抬頭看，卻又下意識阻止了自己。

裴行眞眼神銳利清明，落在不動聲色的方貨郎身上——

拾娘精通仵作之技，驗屍自然不會出錯，周娘子和寶娃死於兩日前，那麼昨天晚上出現在舖子前找錢老闆買蒸餅的，就不可能是眞正的周娘子了。

深夜，打傘的女人，臉上有明顯的胎記，畏光閃躲，特意不叫人看清五官輪廓，又知道「周娘子」常買這家的蒸餅，連家中的孩子都愛吃……

刻意營造周娘子還活著的假象，以及種種線索，都指向了同一個方向，一個人——方貨郎。

他既熟悉周娘子的長相打扮、習性喜好，又是周娘子最親近信任的人，還有特殊且合理的藉口外出下鄉數日，爲自己建立不在場證明。

而昨夜出現蒸餅舖子的那名「周娘子」，自然就是他的黨羽幫凶。

眞相脈絡一一浮現，眼下就是要拿到足夠的人證物證，鑿實了方貨郎狠心殺害妻女的證據。

不過方貨郎其人看著斯文靦腆溫順，實際上其心機之深之強韌，非市井單純良善庶民可比，若在他思慮縝密之時，要想光憑三言兩語攻心之策破他防守，未必容易。

這樣的人，若連至親妻女都能下得了手，而且犯前冷靜布局，犯後喬張作致，把自己活脫脫洗成了一個無辜痛失愛妻稚女的男人。

何其冷血，何其可怕。

裴行眞眼神越發凜冽。

果不其然，方貨郎低頭鬱鬱拭淚後，又開始赤紅著眼睛對錢大郎哽咽道：

「……錢老闆，那確實是我家燕娘沒錯，昨晚你是何時見到我家燕娘的？」

錢老闆同情地看著他，想了想。「那時……那時約莫已是亥時中了，我都上榻睡著了，才被敲門聲吵醒的，打開門就看見周娘子了。」

「如此說來，我家燕娘在亥時中還活著了？」方貨郎又哭了，自責地捶打著自己的頭。「都怪我！要是我昨晚沒留在李村祠堂和衣胡亂睡一夜便好了，要是我早些回來，是不是燕娘和寶娃就不會出事了？」

看方貨郎痛哭流涕，鄰人們忍不住又開始勸慰起他——

「這怎能怪你呢？」

「是呀，誰都不能未卜先知……」

「也許眞是鎭上混來了什麼歹人，看燕娘和寶娃娘倆獨自在家，便生了壞心也說不定……」

百姓們心性單純樸質，人人都不願相信眼前俊秀脆弱可憐的小貨郎、他們平常抬頭不見低頭見的鄰居……會是殺害妻女的狠毒凶手。

他們寧可去信，是個他們不認識的、外來的人，做下了這樣天理不容的惡事。

鄰人們的話，讓方貨郎像是攀住了根救命繩，迫不及待要證明自己的清白，哽咽哀求道：

「裴大人！我昨晚人在李村的祠堂借宿，李村村正是知道的，後來天還未亮，我卯時初就急急趕回鎮上，從李村到鎮上得走上一個多時辰……若您不信的話，等方才那位大人查明回來，就可以證明草民沒有撒謊。」

裴行眞注視著他，沉靜的面色令人看不透。

方貨郎握緊了拳頭，痛苦地道：「還是大人無論如何都想把這罪大惡極的罪名扣在草民頭上？」

裴行眞尚未開口，拾娘清亮的嗓音已經再度響起──

「這世上會撒謊的人多了，可我至今還未見過會撒謊的屍體，人死前遭受了什麼，是怎麼死的，又死了多久，都清清楚楚地顯現在身上！」

裴行眞望去，眼底笑意閃閃。

因爲從拾娘手中小心托著一方帕子的模樣，他就知道她已經找到了周娘子母女致死的證據。

方貨郎一顫，不服氣地昂首道：「參軍大人，好，那即便燕娘和寶娃確實是死於兩日前，可當時我……」

「即便當時你確實人不在鎭上，有不在場證明，但這不表示你就和這件命案沒有干係。」裴行眞聲音微冷。

方貨郎還想辯解，拾娘已經攤開了手上那只帕子，裡頭是些許淡淡黃色粉末。

「這是從周娘子母女身上新衣襟口刮下來的，方貨郎，你可識得這是何物？」

「草、草民怎麼會知道？」方貨郎回話時，瞳孔卻有一霎的劇烈收縮，嗓音克制，卻抑不住額頭漸漸浮起的豆大冷汗。

這下不只裴行眞，便是連聚攏在周圍的鄰人們都察覺出了他的不對勁。

「看來，你的確認得了。」裴行眞淡淡然道。

方貨郎像是猛然被箭射中的獵物般，身子不由抽搐彈跳了一下。「草民……幾時承認自己識得那東西了？大人張口一來就想憑空構陷草民，草民——」

「這是蜂毒。」拾娘不願再見他百般裝傻，單刀直入地道：「天然蜂毒藏於蜂針尾，略帶淺黃、味苦，有淡淡香氣，可做藥炙之用，治療膝骨風溼風邪，可更是大毒之物。」

羈縻州刺史是阿耶好友，出身黔州大山古族，便曾教過她如何辨蠱識毒，其中就有如何取蜂毒之法。

新羽化的蜂子毒量微少，直待長成至第十六日，便是蜂子最毒之時，取下蜂子尾針毒囊，若要保蜂毒不經日長月久而減緩毒性，便將其入水熬煮至乾燥成粉末……

拾娘深深吸了一口氣，心中還有些愧疚與暗惱，自己為何一開始沒有再仔細深入檢查周娘子母女倆身上那漿洗過的新衣。

天知道當她方才在衣衫遍尋線索無果後，死馬當活馬醫地用匕首一點點擦刮衣襟，卻在匕首刃鋒上看見了淡淡黃色細微粉末時，心頭那一瞬有如遭受巨木重擂的震驚……

蜂毒！居然是蜂毒！

拾娘眼神冷厲，聲音自齒縫中蹦出。「所以，是有人用了法子蒐集蜂毒，特意潑洗在衣襟上，衣襟最接近頸項肌膚和口鼻，走動磨蹭時就能周娘子母女中蜂毒，引發窒息、抽搐、昏迷而亡。」

此話一出，眾人全場嘩然！

「什麼？」

「若說蜂子確實毒得很……」

「是呀，聽說咱們這兒光是種果林為生的小杏花村，每年總有那麼三、五個倒楣鬼，不小心教蜂子螫了，險些連小命都沒了。」

裴行真和拾娘捕捉到了鄰人中的隻字片語，不禁齊聲追問：

「小杏花村種果林為生？」

那個鄰人點頭。「回大人的話，小杏花村種的果子又大又甜，每年都有不少長安西市的胡商來訂呢，所以小杏花村也是咱們鹿鄉鎮附近幾個村裡最有錢的了。」

鄰人臉上的欣羨之情溢於言表。

「既然遍植果林，那麼也就有人專門養蜂子取蜜了？」裴行眞問道。

「自然是有的……」

站在人群裡把落在地上蒸餅撿回的錢大郎，聞言本能插了句嘴。「村正他們家蜂子取的蜜最純最香甜了，有好些老客都說買了我家蒸餅，再去村正家買蜜沾著吃，家裡老小最是喜歡呢！」

方貨郎臉色越來越白。

明明鄰人和錢大郎自覺只是在和長安來的大人敘閒話兒，可他們卻渾然不知，有些話落在了作賊心虛的人耳裡，不啻是一點一點戳破了那層意圖遮掩的窗紙……

就在此時，外頭忽然響起了一陣細碎紛雜的腳步聲，由遠至近，聽著還不少人。

眾人訝異望去，卻見高頭大馬的玄機煞氣騰騰地驅著一群小娘子而來。

她們當中有人滿眼好奇、有人害羞窘迫、有人敢怒不敢言，還有個一直低著頭，緊緊攢著衣角……

「大人，周娘子母女身上新衣正是出自『殷娘子繡行』，屬下想了想，還是把所有繡娘全都領來給大人問話了。」玄機並且把方才在繡行內，和殷大娘交談的內容全數稟報上來。

這下命案的榫卯逐漸拼接齊全了……

裴行眞和拾娘交換了一個心領神會的眼神，湛然生輝，心中透亮。

玄機抬頭，忍不住望向院中面無表情的美艷赤鳶，擠眉弄眼，一副興奮邀功臉。赤鳶本來悄然無聲盯著全場，隨時等著拾娘下令捉拿最大疑犯方貨郎，卻被少根筋又嘻皮笑臉的玄機搞得嘴角微微抽搐……

手很癢，想扁人。

裴行眞和拾娘不曾注意到他們的眉眼官司，因爲目光正梭巡在方貨郎和那群繡娘之間。

雖然繡娘們多數對這情況感到陌生和忐忑不安，可多數人都會偷偷兒環顧四周，看看人，看看東看看西，尤其是那個被裴行眞一行人刻意讓露出了身形的方貨郎。

可其中一個繡娘從始至終都沒有抬頭，沒有看方貨郎，甚至用眼角餘光瞄一眼方家院子屋舍都無。

而方貨郎視線也在刻意迴避那繡娘的方向。

「爾等當中，頭上綴著珠花，佩著銀耳墜的那位繡娘，」裴行眞點出。「抬起頭來。」

「奴……奴……」該名繡娘身子猛地一顫，萬般不願地勉強抬頭，嬌豔中透著絲潑辣的俏臉煞白了白。

裴行眞眼角餘光瞥見，方貨郎身形往前一傾，像是想阻攔，而後又立時強忍住站穩了。

「眞有意思。」裴行眞眼含玩味。

方貨郎雙手緊緊地貼靠在腿側，身形越發僵硬……

裴行真望向那繡娘，和藹地問道：「妳叫什麼名字？」

「奴、奴叫邵嬌娘。」邵嬌娘吞了吞口水，帶著一縷戒備，遲疑回答。

「家住何處？」他點點頭，又問。

「小……杏花村。」

「做繡娘幾年了？」他再問。

「三年半了。」

「平日繡活兒多嗎？」

邵嬌娘有些疑惑，卻也漸漸平靜了點，不知不覺對著這俊美清雅的大人放下了提防，些微臉紅地囁嚅道：「繡活兒多，行裡生意向來不錯。」

「繡行待妳們可還好？」

「都極好的，」邵嬌娘不忘特意補了一句：「殷大娘子待大家都很寬厚。」

「經商仁厚是爲有德，妳們有個好東家。」裴行真淺笑。「日常辛不辛苦？」

邵嬌娘搖頭，嫣然一笑。「也算不上辛苦，比在家中幫忙摘果子鬆快多了。」

「——都不容易啊，不過辛苦還是辛苦的，對了，妳左臉上的『胎記』沒擦乾淨。」他溫和微笑，漫不經意地指道：「靠近眼角那邊還有一點兒，得用菜油才擦得掉。」

「啊？不可能！奴擦乾淨了的！」邵嬌娘一呆，本能衝口而出，下意識又提袖往左臉上迅速擦去……可這動作一出，又瞬間僵在半空中。

……來不及了，全場所有的人都清清楚楚看見也聽見了！

而另一頭，在眼下暮春輕寒時分，方貨郎卻是額間髮際布滿了冷汗涔涔，已然身若抖篩，面如死灰。

被查出的蜂毒……被揪出的嬌娘……

當人證物證陸續暴露開來，他知道……完了，通通完了。

第五章

後來，玄機和赤鳶曾在私下爭論過，裴大人用的究竟是攻心計還是美男計……但各執一詞，結論無果

裴行眞懶得理他們在馬背上咕咕嘰嘰，而是在馬車廂內優雅地再爲拾娘斟了杯熱熱的紅棗茶。

拾娘清冷的神情有些懨懨，接過後啜飲了一口，低聲嘆息。

「妳還在想著這個案子嗎？」他溫柔心疼地看著她。「想著周娘子母女？」

「大人，」她凝視著他，正色問道：「這世上的男子是不是大多都善變負心的？」

他嗆住了，忙澄清道：「不不不，拾娘誤會了，那些不過是敗壞我輩男兒的害群之馬，這世上從一而終的好男子還是有的。」

「我阿耶可算是一個。」她若有所思點點頭，又補了一句：「不過鳳毛麟角，極爲稀有，我阿耶說的。」

「卓大人自然是頂天立地的偉男兒，不過我裴家家風也極好，我阿翁跟阿耶便是一生只娶一妻，且永不二色。」他清雅俊臉嚴肅了起來，只差沒舉手當天發誓。「我自幼秉持家訓，拾娘盡可信我，日後我裴六郎定當恪守男德……」

「大人說早了，」她面頰有些緋紅，不明白怎麼說著說著，又扯到婚嫁之事，清了清喉嚨道：「日後如何，自然日後見眞章，我今日只是感慨此案。」

「拾娘感慨的是什麼？」他小心翼翼問，生怕自己因爲身爲男子又無辜中了流矢。

「據鄰里評語和方治認罪後的懺悔之詞，好似這混帳並非對妻女全然無情，可他愧對妻子另戀他婦已是大錯，又怎能對朝夕相處的妻女生出了殺心？這般行徑，禽獸不如——」她眸中閃過煞氣。「眞該千刀萬剮！」

「不過是他心志不堅，慾壑難塡，最終連人性也給拋卻了。」他一嘆：「有些人永遠在權衡比較，不珍惜手中握有的，只想著前頭還有更大更好更美……殊不知，世上最幸福者，從來便是最容易滿足之人。」

她心中震動，心有戚戚焉地重重點頭。「大人說得有理。」

——那日案情水落石出，原來是方貨郎在下鄉走街串戶時，和小杏花村的村正之女邵嬌娘日久生了私情，而後便漸漸生出殺妻另娶之念。

邵嬌娘出身小康，人又生得嬌驕貌美，在同輩繡娘間的繡活兒也是出類拔萃的，素來便自恃高人一等，本就對於看上的人或東西，習慣了不搶到手不罷休。

而方貨郎生得斯文俊秀又溫柔小意兒，嘴又甜，又總能弄來些稀奇鮮活的小東西，不只在這十里八村極受歡迎，便是繡娘們也經常偷偷談起他……

每每不是羞澀曖昧聊笑著方貨郎的容貌好，身高腰瘦腿長，笑起來靦腆又眼含桃花……就是感嘆他這樣的俊俏郎君居然自小被「指腹為婚」，被迫娶了個面有胎記的醜娘子，眞是一株仙草插在了牛糞上云云。

邵嬌娘自然也看上了面如冠玉的方貨郎，幾次眉來眼去，越發無法自拔。

方貨郎則是自從偶然得知邵嬌娘是村正的獨生愛女，且邵村正有讓女兒坐產招婿的意思之後，便對邵嬌娘越發上了心，也哄著誘著邵嬌娘，讓其對自己更加迷戀情熱……兩人偷來暗去半載有餘，便覺周娘子母女礙事，只是周娘子在鄰里間是個不可多得的賢慧之人，方貨郎也怕拋妻棄女一舉，會壞了自己的名聲和買賣。

不說屆時他連入贅邵家的資格都沒有，只怕將來他成了邵村正的上門女婿，也會被精明的邵村正百般防備。

休棄她們母女會讓他成爲人人眼中狼心狗肺的負心漢，可如果是她們母女不幸身亡，那麼村間鄰里只會心疼他是個痛失愛妻稚女的悲慘鰥夫……也能爲了日後他和邵嬌娘的未來順利鋪路。

於是他倆商議之下，便由邵嬌娘暗取家中百來隻蜂子的尾針毒囊，方貨郎負責蒸萃出蜂毒，邵嬌娘則利用其繡娘身分，進入庫房偷偷裁取絹布牢牢纏裹在自己身上，藉此偷運出繡行。

邵嬌娘回家爲周娘子母女裁繡新衣，再在自家隱密的蜂房角落，蒙面用長筷子將乾蜂毒混於漿水中，浸泡那一大一小的新衫襦裙，尤其是前襟，更是加重了幾分。

方貨郎則是在此番出門賣貨前，向周娘子透露自己爲她們母女訂製了新衫襦裙，以賀她的生辰。

他還千叮嚀萬交代，讓她前兩日乖乖在家中等人送來，且定然要當日收到便試穿合身與否，若有不合之處，人家繡娘翌日好上門取回修改尺寸。

可憐周娘子不知枕邊人已成虎狼，正張開嗜血的獠牙對準了她們母女，猶自歡喜著夫郎雖然忙於買賣，未能常常陪在她與女兒身邊，但心中始終是惦念著她們的。

方貨郎和邵嬌娘背地裡卻是盤算了無數回，爲確保周娘子母女身亡後，來勘驗屍首的縣衙捕頭和仵作不對他起疑，便讓方貨郎這四日都按照腳程，流連在小杏花村和幾個村落之間，暴露在村民們的視線之下，便沒了回鎮上行凶的可能。

另外，再由邵嬌娘在方貨郎回家前一晚，扮成周娘子的模樣，在黑沉沉夜色裡故意去敲蒸餅舖子的門。

鎭上人都知道，錢大郎性子憨直，更沒心眼兒，便由他來證實「周娘子」前晚的確還活著的「事實」。

方貨郎雖然如今是鎭上一個不起眼的貨郎，可他曾是長安某大戶人家的庶子，自幼在後院看慣了主母和姨娘爲爭寵、爲牟利奪權而廝殺的腌臢手段。

後來他和姨娘被驅逐出了方家，姨娘病死，他輾轉流落在坊間，遇到了同被家人厭棄的周燕娘。

周燕娘因爲面上有青色胎記，自小被家人視爲不祥，兩個同病相憐的人在最困苦的時候互生情愫。

他生怕旁人因著燕娘的容貌瞧輕了她，便對外宣稱與燕娘有娃娃親，他們彼此情深義重，是姻緣天成。

可就在他們日子漸漸好過了，也誕下了嬌嫩可愛的寶娃後……

方貨郎也不知他自己是什麼時候變了的。

也許是在貨郎生意蒸蒸日上，手頭寬裕衣食無憂的時候……也許是他走街串巷時，有那麼多妙齡小女郎對他投以愛慕羞澀眼光時……

也或許，當他一日日察覺出自己對燕娘面上青色胎記越發厭惡，回想起自己出身方家，本就不該僅安然止步於此。

他方冶，其實可以擁有更多更好的，比如更美麗的妻子，更富足的生活。

當案情眞相大白，當方貨郎和邵嬌娘落網成擒，驚恐茫然地被押入大牢的那一刻——

邵嬌娘淒厲啼哭哀求，求人幫她找來她阿父，又說她阿父有銀子，一定能夠幫她擺脫此事，又尖叫痛罵方貨郎騙了她，一切都是方貨郎出的主意，她也是受害者！

方貨郎面色灰敗，神情呆滯地跌坐在布滿潮溼發臭稻草的角落，良久良久。

他恍恍惚惚，腦中忽然閃過了妻子燕娘每晚替他鋪床的嫻靜背影，回眸一笑，那青色胎記也掩蓋不住的溫婉動人。

妻子的眸光繾綣，含著滿滿的深情與歡喜。

「……夫郎，我把被褥又加厚些，你日日肩背腿腳受累，這樣躺著軟和，筋骨也會舒服點，還有泡腳的藥湯我已經熬好了，你記著先泡上一炷香的時間，大夫說可以舒絡筋骨……」

還有寶娃軟呼呼香噴噴的小身子，充滿信任地偎在他的臂彎間，紅撲撲的臉蛋仰望著他，對著他吹著泡泡。

「阿噗……」

方貨郎身子漸漸劇烈顫抖了起來，十指緊緊地死扣住身下腌臢刺人的稻草堆，喉頭忽然發出了一聲悶窒絕望的痛苦嗚咽……

爲什麼……爲什麼一切會演變到這個地步？

這半年來，他……是頭昏腦熱，是瘋魔了……他竟狠心無情到，親手謀害了這世上最愛他的兩個人，他唯一的家人？

一場偷香竊玉、戀姦情熱，卻讓他喪了良心，鑄下大錯，如今環顧四周，只落得妻女雙亡，身後淒涼。

他後悔了，他真真後悔了……

✦

長安　常安坊

一個清瘦溫厚的身影，慣常地騎著頭體膘腿健的驢兒，歡喜喜興沖沖地繞過縱橫交錯的巷弄，回到自己租賃的小宅院中。

終於下差了！

只是輕快的驢蹄噠噠才剛剛抵達門口，卻聽得半掩的戶門內傳來了小兒哇哇嚎哭的聲音……

甫下差的王宙，臉上歡喜笑容霎時一消，急忙下了驢兒就往裡衝。

「莫哭莫哭，阿耶回來了……」

一雙生得眉眼相似，看著不足一歲的稚童哭得鼻涕眼淚糊了滿臉，跌跌撞撞地邊走邊爬出來，嗚嗚撲進了他懷裡，嘴裡含糊不清——

「餓……」

「娘……」

王宙心疼至極地左右摟住了孿生兒，舉止輕柔地擦去兩個娃娃面上的涕淚。「乖啊，阿耶回來了，平兒安兒可是餓了？阿耶帶你們去吃索餅。」

剛剛喊餓的安兒聽懂了，破啼爲笑，拍著小手。

平兒則是一個勁兒地鬧彆扭，淚珠滾滾，看著好不可憐。「娘……」

王宙一驚，迷茫地環顧四周。「對了，你們阿娘呢？阿娘出門了是不是？」

妻子倩娘最疼寵兩個小兒，她平日深居簡出，極罕主動出門，可如果非到不得已也一定會帶上孩子，但今日平兒安兒都哭鬧成這模樣了，卻不見倩娘……

平兒吸著鼻子，委屈地一直指著大門。「娘……娘……」

「阿娘出門了？」王宙心中不安更深。「去哪兒？」

他心下大急，一時也渾忘平兒雖然聰穎，可也只是個還不滿一歲的小奶娃，如今只會叫耶娘和餓，如何能回答他的問題？

「娘……」果不其然，對於阿耶的問話，平兒也迷迷糊糊，先是點點頭，又把頭搖得跟波浪鼓似的。

王宙臉色微微發白，雙臂使勁抱起一雙小兒，強按捺住心下的驚慌，輕聲哄道：「平兒真乖，安兒莫哭了，阿耶帶你們吃去燉得爛爛的羊肉索餅可好？吃完了飯，便陪阿耶去找阿娘好不？」

「吃……」

「娘！娘！」

兩個小兒無限信任依戀地摟著阿耶的脖頸，全然不知自家阿耶的憂心忡忡、魂不守舍。

心神不寧的王宙甚至險些在門檻上絆了一跤，幸虧回神得快，緊緊抱牢了兩個小兒。

平兒安兒還以爲自家阿耶故意逗他們玩，這才猛然上下一顛，不禁樂得直拍手。

「咯咯咯……」

好脾氣的王宙想對著小兒們笑，可這笑卻有說不出的勉強和惶惶。

後來，王宙抱著小兒們去西市吃了熱騰騰香噴噴，泡得爛爛好克化的羊肉索餅，幫著小兒們喝完了他們碗裡沒能喝淨的湯，還各買了一支甜甜的糖燈影兒給他們拿著舔。

平兒的是活靈活現的小紅纓槍，安兒的是氣勢雄渾的小唐刀，兩個小娃娃又想拿著比劃「武藝」，又捨不得糖燈影兒甜薄易脆，最終還是緊緊攢在小手中，時不時滿臉愜意地舔幾下。

只是當他們要跟阿耶炫耀手上的糖燈影兒時，卻見阿耶面上沒有任何喜色，反而腳步越走越急越快。

「……吳大娘，妳可瞧見我家倩娘沒有？」

「……安姊兒，我聽倩娘那天說要還妳鞋底子樣，她可來過沒有？」

最終，直到坊市閉鼓聲響起之時，王宙還是未能尋到自家娘子的下落。

是夜，他在暈黃油燈下，心事重重地輕撫著那兩張一模一樣的熟睡小臉兒，喉頭緊縮，眼眶發紅。

儘管不願相信，可倩娘的失蹤，卻一下子掀開了他深藏了五年不願面對的恐懼和擔憂。

難道，他們終於找到倩娘了？

✦

王宙永遠記得自己頭一次見到表妹張倩娘時的情景。

當時他還只是個年方十歲的小少年，病得神智模模糊糊，被舅父家的部曲抱下了馬車。

母親張氏淚漣漣地向高大英偉的舅父訴說著，這些年他們母子在父親亡故後，已漸漸被瑯琊王氏遺忘……

他們王家在鄉間雖然外表還是呼奴喚婢、風風光光，是人人艷羨的大戶人家，實則內裡卻是江河日下，已經演變到只能靠著賣她的嫁妝度日了。

「……不是妹妹忝不知恥要來投奔阿兄，我只是心疼我家宙兒，他自小幼而敏慧、少年老成，教過他的夫子都稱許此子有大才，將來必能有一番好前程，可自他阿耶離世後，主家疏遠，我一個女人家又如何培植得了孩子？左思右想，還是只能咬牙來求阿兄了。」

舅父威嚴嗓音透著一絲親和。「妹妹說的這是什麼話？難道我這個親舅舅還能眼看著自己的外甥不好？妳我一母同胞手足至親，那些客套話也就不說了，日後妳和宙兒便安心在府中住下。」

「可嫂嫂那兒……」

舅父一頓。「妳嫂嫂雖是高門貴女，但素來賢慧大度，自家姑妹，豈有不能容的道理？妳放心，妳嫂嫂自從收到了信之後，便命僕婦把家中客院打掃得乾乾淨淨，舖蓋擺設等物也是簇新的，就只等你們來了。」

母親感激嗚咽，幾乎喜極而泣。「阿兄和嫂嫂眞眞救了我們母子的命。」

「對了，你們就只有這兩輛馬車到衡州來？」舅父皺眉。「怎麼──」

「阿兄，宙兒病得厲害，實在耽誤不得了，」母親匆匆打斷了舅父的話，低泣道：「可否請阿兄幫宙兒尋個好大夫幫忙診治？可憐我家宙兒，高燒得人事不知，路上餵的水也都吐得一乾二淨，我實在怕得很，這孩子千萬不能有事啊！」

「那還在這裡敘什麼閒話？」舅父忙催促道：「快帶孩子進去，來人，馬上拿我的帖子，去請濟春堂的薛聖手來。」

「喏！」

經過一連串的「兵荒馬亂」，王宙渾身滾燙，意識迷濛，可恍恍惚惚間，卻聽見了一個甜甜軟糯的嗓音──

「阿耶，他就是您平日唸叨的宙表哥嗎？」

「宙表哥臉紅咚咚的，他是不是很熱？」

「宙表哥生得眞好看，像……像阿娘拜的觀音畫裡座下的仙童，可惜就是臉蛋太紅啦，跟小猴子屁股似的呵呵呵。」

小姑娘那嬌憨銀鈴似的笑聲，落在被病痛纏身、宛若火炙的王宙耳裡，卻奇異地不覺吵雜惱人。

他只覺得彷彿有一串小小的鈴鐺，隨著清風拂來，叮叮噹噹，悅然於耳……

後來，當他終於退了高燒，神思逐漸恢復清明時，再度睜開眼，便看到一個粉嫩嫩的雙髻小女孩兒趴在窗邊，探頭探腦，水靈靈的大眼睛滿是好奇和彎彎笑意。

「宙表哥，你好能睡呢，都睡了三天三夜啦！」

蒼白病弱卻眉清目秀的如玉小少年，呆呆地看著這彷彿小小桃花新蕊初綻的嬌嫩女娃娃。

「阿娘不許我進屋吵宙表哥，我才不吵人呢，我可乖可乖了，」小姑娘笑嘻嘻，臭美地自誇道：「我是看宙表哥睜開眼了，我才出聲的。」

他看著看著，沒來由心底軟呼呼成了一團，努力沙啞開口：「是，表妹……最乖了。」

「宙表哥認得倩娘？」她眼睛一亮。

以前兩家隔得山高水遠的，只有書信魚雁往返，所以這還是他出生以來，頭一次到舅父家。

王宙想著自己母親曾說過舅父家的情況，舅父是衡州某縣的縣令，才幹卓絕，處事公允，頗受地方百姓父老愛戴。

舅父曾有一妻兩妾，妻子出身世家大族，端莊秀麗，談吐不俗，是治家理事的一把好手，而兩個妾室則是舅父未娶前，外祖母幫舅父納的，最是老實乖順不過。

母親說，舅父和舅母感情極好，雖然舅母只為舅父生下一個女兒，卻是舅父疼愛如命的掌上明珠。

兩個妾倒是分別幫舅父生了幾個庶女庶子，但自古嫡庶有別，舅父又素來敬重舅母，所以在舅母生下孩子後，舅父便把妾室和庶子女們都送回了張氏故里。

外祖母當時還在，因著婆媳天然微妙的敵意，總覺得是舅母唆使舅父打她老人家的臉，故意打發她送的兩名小妾，故而私下對舅母頗有微詞。

只是舅母乃大家出身，依然盡心孝敬侍奉婆母，後來外祖母也被她感動了，臨終前還緊握著舅父的手，叮囑著千萬要好好愛護妻兒，不可寵妾滅妻云云。

所以眼前這位，想必就是舅父舅母的嫡親寶貝愛女——倩娘表妹了。

「我母親曾提過表妹。」他雖然年方十歲，可自幼讀聖賢書，身上已儼然有了一絲絲君子的禮儀氣度，不敢與表妹太過親近，生怕唐突了她。「倩表妹好。」

男女七歲不同席，雖然倩表妹看著還不到七歲，可他已經是十歲的「大人」了。

「宙表哥，姑母也很喜歡我呢！」小倩娘樂呵呵，獻寶地伸出了雪白粉嫩的小手，腕間那個作工精巧的絞絲鐲金光燦燦。

他記得這是母親的嫁妝之一，說是小時候外祖母特意命工匠為她打造的。

王宙心下一酸。

母親連壓箱底的絞絲金鐲都拿出來送禮了，便是怕舅母瞧輕了他們母子吧？

這一刻，王宙無比清楚地感覺到，他們母子已是寄人籬下。

可，他想回自己的家……

回他們鄉間那座依山傍水，青瓦磚石築成的大宅院……雞犬交鳴，阡陌縱橫……老廚娘做的桂花糕香噴噴從灶房傳來……孩子興奮的蹦跳著……

「吃桂花糕……」

「狗兒來……」

他的頭忽然劇烈抽痛起來，有個模糊的影子一閃而逝，王宙霍地俯身大吐特吐！

「宙表哥！」小倩娘見狀嚇得哇哇大哭。

那日之後，小倩娘好幾天都不敢出現在他面前，後來當他病完全好了，才在花園的荷花池邊看到小倩娘在餵魚。

侍立在一旁的女婢見了他，忙欠身福禮。

「表少爺。」

「倩表妹，」他對女婢頷首，隨即看向一臉懨懨的小姑娘，不禁愧意上湧，歉然地對她一禮。「對不住，那日嚇著妳了，表哥在這裡向妳賠不是。」

小倩娘回頭，看到身著淡淡青袍的英俊溫和少年時，眨了眨眼，連忙起身，拍了拍裙擺，有些羞赧地囁嚅——

「宙表哥，是倩娘不對，是我打擾你養病，阿耶阿娘都說過我了。」

他心底酸酸軟軟的，輕聲道：「沒有打擾，我還要多謝倩表妹去探我。」

「真的嗎？」燦爛的笑意重新回到了小倩娘的臉上。「表哥不惱我？不討厭我？」

「自然不惱，也……不討厭的。」他柔聲道。

自那日起，他們便迅速熟悉了起來。

他讀書練字的時候，倩娘就在他旁邊玩翻線戲……他專心幫倩娘畫紙鳶花樣兒，倩娘就忙著從小佩囊中掏出自己珍藏的琥珀松仁石蜜、梅花糕，一個勁兒餵給他吃……

舅父見了他們青梅竹馬、歡快融洽的模樣，便笑說要為他們這對小兒女定下婚事，親上加親。

母親為此自然是樂見其成，舅母初始有些反對，可看他對倩娘處處呵護，寧可自己碰著傷著，也不讓倩娘有半點閃失或不快……久而久之，便也默許了。

可惜流光永遠不會停駐在所有最美好的時刻，人的記憶也是如此。

他聰慧刻苦，在未及冠之前便早早過了縣考和府考，母親總說，如果父親還在，便能用瑯琊王氏的名頭為他運作一二，甚至能得主家一封書信，可讓他入太學讀書，再經舉薦，青雲前程可期。

王宙卻不寄望這些虛無飄渺的「如果」。

他雖然也是瑯琊王氏子弟，卻並未真正享受過門閥貴冑的權勢與優勢，他只知道自己要想重振門楣，為母親爭光，讓舅父舅母放心把倩表妹下嫁與他，就必須要靠學問和學識，一步步往上走，拚搏進長安官場，占有立足之地。

當時的他少年意氣風發，可終究還是太年輕了。

✦

王宙及冠後不久，母親突發惡疾，臨死前緊抓著他的手，像是有千言萬語要叮嚀交代……

「宙兒……村、村裡……」

「阿娘，您再撐著點，舅父已經去請神醫了，」他心痛如絞，泣求道：「您不是還要看兒子金榜題名、光宗耀祖嗎？您還沒看到我與倩表妹拜堂成親，沒喝上一盞媳婦茶，沒等兒子好好孝敬您，您別、別拋下我……兒子只有您了。」

「不……」張母氣息斷斷續續，被濃痰卡住的喉間彷彿有最重要的話要說，卻怎麼也說不出口了。

「阿娘……」

張母最後連死都沒能闔上眼，似有愧疚，又似心願未了，可死亡已然將一切愛恨嗔癡牽掛都凝結在了當下。

……罷罷罷，終究是落子無悔，此生永愧。

王宙伏在母親氣絕漸涼的身子上悲慟大哭，少年清瘦的肩頭恍似一下子被霜風雪雨給壓垮了。

命運的刀斧落下，已經奪走他太多太多了……

後來，他在衡州山腳下為母守墳三年。

三年的時光，一千多個漫長日子……當他再度回到張府之時，舅父對他的憐惜不減，卻已然忘了舊時的允諾。

原來，在他結束守喪結廬的日子前半年，舅父縣衙來了一名年輕有為的孫主簿，乃刺史的遠房表姪，年方二十便身負功名，深受舅父器重禮遇。

王宙從張府奴僕私下議論中，得知了舅父似有將掌珠倩娘許配給孫主簿的意思。愛女心切的舅母也是盼著女兒高嫁，在打探過孫主簿與刺史家雖為遠親，日常也頗爲親厚後，便也喜聞樂見此樁婚事能成。

王宙獲悉此事後，自是大受打擊。

他把自己關在房裡一天一夜，心頭無數念頭反覆煎熬，最後終究還是決意親口問倩表妹，此事眞假？

倩表妹仰望著他，紅著眼，神情堅定。

「阿耶同我說了，可我不會答應的。宙表哥，我不嫁旁人，我只嫁你，如果阿耶阿娘迫我，我就以死相逼。」

「倩表妹……」他鼻頭酸楚，心如刀割。

明明聽到表妹這樣矢志不移的誓言，他應該感到歡喜和釋然安心的，可他如何能眼睜睜看著倩表妹爲了他，拿自己的性命與父母抗爭？

現在的他不過布衣白身、孑然一人，什麼榮華富貴都給不了倩表妹，怎麼忍心教她跟著自己吃苦？

那天午後，在熟悉而隱蔽的花園荷花池一角，王宙緊緊抱著嬌弱天眞的倩娘，淚流滿面……

王宙深知，如果當眞爲了倩表妹的將來好，他就該掐滅心中如蔓藤攀纏多載的情絲，斬斷兩人一切過往。

所以那日忘情的擁抱過後，他悄悄收拾行囊，獨自踏上前往長安之路。

此去山高水長，許是此生再也不能得見……

只是當他來到渡頭，僱了渡夫小舟要轉折往水驛之時，卻聽見後面一個嬌喘吁吁的破碎嗓音喊起——

「等……等等我！」

王宙驀然回首，霎時呆住了。

只見暮色沉沉裡，一個熟悉的纖瘦身影跌跌撞撞，邊咳喘邊堅決著朝他奔來。

是倩娘！

「別拋下我。」倩娘上氣不接下氣，向來紅潤的小臉此刻卻是掩不住一抹憔悴病氣，緊緊抓住他手的小手冷得像寒冰一樣。

王宙心頭酸澀揪疼，幾乎不能言語，只能慌忙地騰出手褪下身上的披風，將她顫抖不停的身子密密包裹了起來。

「怎麼連件大氅也不披？不怕受涼又得喝苦藥湯子了嗎？」他嘴上輕斥，卻是滿滿心疼和後怕。

「我，我怕……你走得遠了，我追不上。」倩娘努力平息著灼心燒肺的咳喘，眼巴巴地仰望著他。

他鼻頭一酸。「妳……這又是何必？跟著我只會吃苦，現在我除卻一腔情意之外，什麼都給不了妳，舅父爲妳安排了椿上等良緣，妳日後必會過得極好極好……」

「表哥，你不喜歡我了嗎？」倩娘眼圈紅了，輕顫地問道。

「我心裡唯有妳，」他喑啞，嗓音低微。「倩娘，我也只剩下妳了，可就是因爲如此，我才不能耽誤妳的好前程。」

「可那不是我要的，」倩娘雙眸光彩熠熠。「我不怕吃苦，我也相信宙表哥無論走到哪裡都會愛我護我的。」

「倩娘……」

「你還記得嗎？幼時我頑皮，非逼著你揹著我追蝴蝶，後來我害你摔了，你還是牢牢把我護在懷裡，自己膝蓋手肘都擦破流了好多好多血，卻跟阿耶說，是你從學堂回來的路上不小心跌跤的。」倩娘噙淚微笑道：「所以，表哥你待我好，我又何嘗不想待你好？」

他心下震蕩感動萬分，霎時眞想緊抱住心愛的女郎大哭一場，又隨即轉念一想，倩娘此舉是私奔，毀去的是她清清白白的女子閨譽，自己如何能讓倩娘爲他擔了這樣的惡名？

「既如此，那我帶妳回去，」他深吸了口氣。「我會去往主家求叔伯們以瑯琊王氏的名義，陪同我向舅父舅母提親。倩娘，我要讓妳正大光明、風風光光地嫁我王宙爲妻，我不能委屈妳沒名沒分地跟著我。」

倩娘流淚。「可表哥，來不及了，我偷聽到阿耶阿娘說明日孫主簿就要讓媒人來提親了……」

他臉色發白。「怎、怎會如此之快？」

「表哥，我們如果現在不走，就再也走不了了。」她淚漣漣道：「難道表哥忍心看我嫁給一個素不相識、不知性情的男人嗎？況且，若是婚後他知道了我與表哥青梅竹馬，情深義重，難道他不會記恨於心，把我視爲恥辱嗎？」

王宙也是男人，自然明白天下多數男人都接受不了妻子曾與旁人深情繾綣、有過白首之約。

孫主簿既然與刺史有親，想來也不是小門小戶，不說旁的，光是藉此多納幾門妾氏來打倩娘的臉，或是讓其母搓磨媳婦，倩娘到時候豈不是叫天天不靈、叫地地不應？

王宙光想到那個可能的情景，便幾乎無法呼吸……

「好，我們一起走！」

✦

水聲拍打在船舟邊的聲音驚醒了王宙的回想，他挺直了身軀，英俊的臉龐上不復往日的青澀，已然成熟穩健透著絲風霜。

這五年來，他和倩娘在長安掙扎求生，他們一開始在西市賃了個小小的角房，附近居住的都是回紇小客商，倩娘初始連房門都不敢踏出一步，原來澄澈天真的雙眼裡漸漸有了不安與前途茫茫的惶然。

他每每回想起倩娘躲在陰暗窄小的角房內學著糊鞋底子，就覺心痛如絞，恨不能狠狠痛打自己一頓才好。

可倩娘總會偷偷擦掉淚水，在他一身疲憊從書鋪抱回未抄完的書冊紙筆時，笑盈盈地迎上來，說今日總算沒有把飯菜給燒糊了，定然能將他養得白白胖胖。

角落那只爐子上熬著的菜粥，果然不再泛著焦味兒，反而瀰漫著菜蔬和米穀的甜香氣……

他強忍著淚水，輕輕地將她摟入懷裡，不斷重複告訴她，也是告訴自己，日子會好起來的。

後來，他憑著一手好字和耳濡目染下習得的流利回紇語，幸運地入了鴻臚寺興客署少卿的眼，提拔他進興客署做一名書史。

三年來，他在興客署日漸受器重，從小小的書史擢升到從七品下的書丞一職。因著俸祿待遇越來越好，他終於有能力單獨租賃下兩進的宅院，讓倩娘和孩子們從此衣食不愁。

他和倩娘也曾商議過，等孩子再大一些，經得住跋山涉水顛簸之苦後，便帶著孩兒們回到衡州探望舅父舅母，並且要好好向舅父舅母賠罪，但願二老能看在他們夫妻恩愛和睦，以及一雙粉妝玉琢的孿生外孫份上，寬恕他們當初的莽撞行事和不辭而別。

可誰知還未能成行，倩娘就已然失蹤不見……

事發翌日一早，王宙便守在緊閉的坊門，等坊門一開，立刻急急去報了官。

他也四下動用關係，幫忙尋找妻子的下落，熟識的武侯來同他說，當日守城門的士兵有印象，確實有馬車持衡州過所，出關的所在地也是錄寫衡州。

那一刻，王宙先是大大鬆了口氣，旋即又高高懸起了心。

還好，倩娘不是出事了。只是，她被舅父舅母命人押回了衡州，定然也會狠狠遭受一番責罰。

他心急如焚，便第一時間向鴻臚寺告假，想攜上孿生子一同回衡州尋妻，可平兒安兒年紀這麼小，萬一路上水土不服，有個頭疼腦熱的該如何是好？

王宙心中煎熬，最後還是只得忝顏求了興客署的同僚好友，能否代爲看顧平兒安兒一段時日？

同僚好友夫婦膝下猶虛，因著兩家住得近，平素最喜歡這對孿生子，常常熱心邀約他們夫妻帶平兒安兒去家裡玩兒。

只是，多半都是王宙休沐或下差後，才會領著孩子去串門兒……

他們夫婦也曾因好奇，私下偷偷詢問過，爲何孩子的阿娘連在屋裡也要戴面紗，出門則是戴幃帽？還輕易不出門，也不願和鄰人交際？

王宙甚是明白倩娘的心病和畏懼，以及種種顧慮之事。雖說兩人因情私奔、絕不後悔，可也知禮教森嚴，男女私奔倘若被捉，女子之罪遠遠大過男子，在世人眼中乃屬涼德汙行，當不為父族所認，從此就成了孤鬼兒似飄零的人，輕易誰都能來欺辱踐踏。

故，禮記中方有「聘者為妻、奔者為妾」，妾通奴隸的警訓。

所以這五年來，倩娘這般低調遮掩，便是擔心自己若經常露臉，哪日不小心在長安撞見了張舅父昔日的同窗故友家眷等，教人給認了出來……那便是大禍臨頭。

是以他們夫妻倆為求謹慎，索性便套好了說詞，對外一律宣稱倩娘天生體弱，吹不得風，因此連在家中都常得遮面，出門也要戴上幃帽，便是怕受了寒氣或暑氣，傷損了身子。

同僚夫婦雖然為人親善，可王宙和倩娘也不敢洩露祕密，自然是相同一力瞞到了底。

可事到如今，王宙既要回衡州尋妻，把一雙愛子託付與信任交好的同僚，便也再隱瞞不得了。他噙淚向好友說出，舅父當年已口頭允婚，可惜世事變遷，他與倩娘只好相偕遠走長安的種種……

同儕夫婦也是性情中人，聽後大爲唏噓，也立時應下了照顧平兒安兒的重任，還催著他速速動身回衡州求得岳父諒解，以期夫妻能早日團圓歸家。

如今，客船將至衡州衡陽縣水驛，他背著沉甸甸的行囊，裡頭是蒐羅要送給舅父舅母……不，是岳父母的禮品和上好藥材等物。

下了客船，他腳步匆匆地趕著僱了輛馬車，多給了車夫銀子，很快就在黃昏日落前趕到了張府。

見那熟悉的「張府」二字匾額掛在門楣上，宅院屋舍彷彿還是記憶中的巍峨高大，可對他來說已經不是往日只能沉重仰望的存在了。

岳父這些年來始終在衡陽縣擔任縣令，品秩爲從七品下，雖然與自己品級相同，可鴻臚寺爲長安九寺之一，重要程度不言可喻，即便他只是鴻臚寺與客署裡一名書丞，京官就是比地方官吃香許多。

但願岳父能夠看在他這些年奮發上進的份上，莫爲難倩娘才好。

不過此時此刻，王宙是有那麼一瞬後悔，自己這兩年不該由著倩娘爲節省用度，便放棄了買下人或僱用僕婦家丁的念頭。

雖說長安居，大不易，可如若他和同儕一樣，家中有奴僕在，當日倩娘就不至於被帶走，拋下兩個稚幼孩兒啼哭不止……也無人可阻止和報信。

且今日，便有家丁能隨著他而來，爲他助陣造勢……

王宙揮去雜念，旋即高高挺直胸膛，眉宇神色堅毅，大步上前，親自敲門。

第六章

暮春最是多雨，纏綿惱人……

回到長安的裴侍郎大人，卻是絲毫未被細雨澆滅這灼熱沸騰的少男情思，當晚方沐浴罷，著一身縴絲緗色長袍，烏黑長髮披散寬肩後，赤足踏過奴僕擦拭得一塵不染，紋路不靜不喧、或隱或現的花櫚木板上。

花櫚木似紫檀而色赤，性堅好，亦有香，尋常官員富戶若能得一套花櫚木所製的器物或几榻，便已是珍貴非常。

可在此處卻是用來鋪設在寢房和書齋的地面上，裴相府之風雅華貴，底蘊身家之巨厚，可見一斑。

但最氣煞的人還不是，裴行眞在漢代朱雀青銅燭臺前，用白玉爲管貂毛所製的筆沾墨揮毫，寫在一刀値百金的蟬翼唐紙上。

而是書成之後，他小心翼翼地吹乾了墨跡，將之放進金管中，仔細地纏綁在鷹隼的腳爪上。

「……」鷹隼好奇地抬了抬腳，怎地和平常的比，重了這許多？

裴行眞看出了鷹隼的疑惑，有些赧然地清了清喉嚨。「那個，是給你未來阿娘的，十足眞金方能襯顯出十足眞心，你便擔待一些。」

鷹隼也不知有無聽懂，但喉頭發出咕咕聲，銳利的鷹眼竟有一絲鄙夷……好似在說：啥？就這？您忒俗了啊！

裴行眞假裝看不懂鷹隼歪著頭，睨著自己的「大逆不道」眼神，摸摸鷹隼的頭。「去吧，阿耶明日能不能如願約著你阿娘，就靠你了。」

鷹隼精神抖擻地抖了抖翅膀，趾高氣昂地唳叫了一聲，而後氣勢萬鈞地越窗高飛而去。

「入夜，全長安宵禁，阿耶就指望你了！」

鷹隼飛得又快又好，玄黑色的身影在夜裡翱翔，連眼睛最尖的值崗武侯都看不出，實乃偵查盯哨、居家旅行、傳遞書信的最佳良選。

而在別院那一頭，看著入夜雨終於停了，拾娘便在燃起燈籠的院子裡和赤鳶比武練刀。姊妹二人交手間刀光劍影，凌厲懾人，每一次的橫擋、劈格、斬刺，都像是要致對方於死地。

看得老管家慶伯在廊下心驚膽戰，端著的一盤夜宵都快給抖掉了。

——這這這是比武練把式嗎？這是在生死廝殺吧？

慶伯看得好生糾結，幾次都想高喊「哎呀呀別打了別打了」，可又怕靠得近了，刀劍一個不長眼，把他老人家的腦袋不小心給削嘍！

最終還是赤鳶手中的劍尖抵在拾娘頸項間，拾娘的刀尖觸在赤鳶的心口衣衫上……

她們兩人瞬間收手，哈哈大笑。

「這一架打得眞是酣暢淋漓。」拾娘隨意地用袖子胡亂抹了把額上的汗。

「痛快！」赤鳶也咧嘴一笑，露出雪白森森的牙。

慶伯長長吁了口氣，趕忙小碎步上前。

「好了好了，這架也打了，武也練了，也該餓了吧？來來來，慶伯讓廚娘做了好吃的蟹黃饆饠和燒鹿肉，還有入口即化、酥甜撲鼻的團玉露，快來嚐嚐。」

「謝謝慶伯，又勞您辛苦了。」拾娘忙上前欲接。

「謝慶伯。」赤鳶悄悄嚥了口口水，哪裡還有平時的豔麗冷峻和面無表情。

裴家別院伙食太好，她自從跟阿妹住進來後，都肉眼可見地胖了。

嗯，改天沒空和阿妹對練的話，就改成去揍玄機好了，舒展筋骨、消耗消耗。

「只要妳們吃得歡喜，老奴就心滿意足啦！」慶伯笑得眼睛都瞇成條線了。

就在此時，忽聽得半空中隱隱有鷹唳之聲傳來……

赤鳶差點把手中的劍射了出去，幸虧被拾娘急急按住。

「是裴大人養的『凌霄』。」

鷹隼凌霄準確至極地落在了拾娘手臂揚起的狼皮護腕上，討好乖巧地搖晃了晃身子，看著哪有平日的威猛驕傲？

她又被「凌霄」逗笑了。

此次在回長安的一路上，就沒少見「凌霄」三天兩頭在馬車邊盤旋想蹭飯吃，裴大人管得牠嚴，不許牠吃太撐，可她極少見鷹隼這般靈性又親人，總是忍不住偷偷餵牠肉脯，後來「凌霄」每每見了她就會搖屁股。

她的馬兒「紅棗」自然也沒少因此爭風吃醋，拾娘為了平撫好新歡舊愛，只得每到城鎮上，就各買一包炒黑豆和燒肉脯，一趟旅程下來，荷包裡的銀錢都消了大半。

「這麼晚了還來送信，是大人有什麼重要的交代麼？」她注意到「凌霄」抬起的腳爪，上頭金閃閃的小金管看著格外亮眼。

「凌霄」有些心累，倘若牠是人的話，恐怕就迫不及待要連聲告狀了。

拾娘疑惑地摘下了那小金管，不忘摸摸「凌霄」的頭，拈了塊燒鹿肉給牠加餐。

慶伯一看有狀況，忙把「凌霄」招了過去，然後貼心地將拾娘那份夜宵放在石桌上，還不忘笑咪咪地把想看熱鬧的赤鳶哄走了。

拾娘本來沒覺得哪邊彆扭或好害臊的，但被慶伯這一頓操作，她覺得手上的小金管都有些發燙。

「咳。」她也不知怎地心虛了起來，此地無銀三百兩地背過身子，這才偷偷從小金管掏弄出捲在裡頭的宣紙來。

那宣紙裁得邊緣齊整漂亮，上頭那蒼勁有力、筆鋒勻稱的字更是令人驚艷。

桃花開放好風日　與卿期約良辰時

賞花遊景共騎射　歸來坊間覓美食

不得不說，賞花遊景什麼的還只是尋常，但「共騎射」和「覓美食」確實是大大投她所好，一下子就勾起了拾娘滿滿的興致。

最重要的是，這還是他們二人自從上次在鹿鄉鎮互相坦露心事以來，首次單獨出門相約赴會。

拾娘平時心思再魯直粗線條，此刻也不免生出了一絲怦怦然的害羞和忐忑期待來。她做賊似地四下張望，確定附近當眞沒人了，才小心輕柔地把宣紙條捲了回去，然後重新塞回小金筒，妥貼地藏在胸前衣襟內袋。

跟她的暗器放在一處，安全。

而在迴廊角落的角落，慶伯偷偷戳了下正在大嚼燒鹿肉的赤鳶，圓呼呼老臉滿是驚喜，壓低聲音問：

「這是，成了？」

赤鳶吞下滿嘴油香的燒鹿肉，滿足地舔了舔唇，點點頭。「嗯，成了。」

「太好了太好了，老天保佑啊！」慶伯險些喜極而泣。「老裴家祖先開眼啦，祖墳冒青煙啦！」

赤鳶差點嗆到。「慶伯，至於這般誇張嗎？」

裴大人怎麼說也是長安無數少女心中的乘龍快婿、如玉公子，年紀輕輕又手握權勢，還是聖人至爲寵信的重臣。

就算她未曾特意去爲阿妹打聽，也知道大大小小顯貴人家都盯著裴大人的婚配大事不放，若不是裴相放話，娶哪家女郎都由自家這孫兒說了算，只怕全長安的官媒早踏平了裴府的高門檻了。

「一點兒也不誇張，」慶伯眨眨眼，小聲道：「妳可瞧見過新羅國進獻的孔雀？」

赤鳶搖搖頭。「咋啦？」

「老爺說過，我家孫少爺便是那翠彩生動，金羽輝灼的雄鳳凰，顧盼自賞、驕驕自傲，也不知哪家女郎才能馴服得了他。」

「……」

慶伯高興得拿袖子擦眼淚。「哎喲喲，這下好了，有拾娘鎮壓著，看孫少爺那張能言善辯的嘴還抖不抖得起來，什麼『政局未弭，何以家爲』、什麼『未得一心人，白首不相親』……」

——裴家闔府上下老小，這是平素對大齡不婚的裴大人怨念有多深？

「嗯嗯。」赤鳶邊聽著小話，邊默默把剩下的夜宵全幹光了。

最後，赤鳶抹一把嘴巴，對慶伯霸氣地保證道：「您老放心，要是到得洞房花燭那天晚上，裴大人還在那邊之乎者也囉哩叭唆，我家阿妹捆也給他捆老實了，他要不行，阿妹自己上也行！」

卓家軍那批大老粗被窩裡藏了許多小黃書春畫本兒，到時候通通收繳，給阿妹做武功祕笈之用，不怕壓不服裴大人！

慶伯樂呵呵。「我看行，我看行。」

本來還在旁邊梳理鷹羽的「凌霄」忽然一僵……這是年僅三歲半的鷹能聽的嗎？

◆

翌日辰時，天公作美。

清晨露珠在綠意芳菲、爭相綻放的花草間晶瑩滾動，春風襲來，清新冷冽，呼息間令人濁氣一消，只覺神清氣爽、心神歡快。

若非希望拾娘歇得好些、睡得飽些，興奮得幾乎一夜未眠的裴行眞，只怕在聽到五更三籌曉鼓槌起第一遍時，便想起身匆匆忙忙趕往別院來了。

只是此刻他人在「青影」馬上，身畔是乖乖跟著來的「照雪」，一青一白，宛若翠竹白雪，相映風雅無數……

裴行眞今日依然通身上下一番好收拾，他「婦唱夫隨」地換上了英氣颯爽的胡服騎裝，烏黑髮絲梳成單髻，以一柄玄玉簪綰住，眉宇清朗，面如冠玉。

箭筒長弓揹負在寬肩背後，抬頭挺胸昂然騎坐在高頭大馬上，蹀躞七事帶繫於窄腰間，越發顯得英偉勃發，氣勢恢弘。

拾娘走出大門，看見的就是這樣的一幕……

她心頭重重怦咚了兩下，清冷美艷的面容微微紅了。

「拾娘，我來了。」他眼睛倏然亮了起來。

只見拾娘雖是慣常的胡服勁裝，髮髻也一如昔日的簡單俐落，髮間卻簪了支造型古樸的銜珠飛雁釵，在英姿煥發中透著一絲女兒家的嫵媚。

裴行眞滿眼灼熱地看著她，有些看得癡了。

「大人，走吧。」拾娘有一霎的覺得手腳不知該往哪兒擺，幸虧「照雪」親暱地蹭了上來，她撫摸著「照雪」漂亮的馬頭，拍拍牠油光水亮如霜賽雪的肚子，而後翻身上馬。

裴行眞輕咳了一聲，俊美臉龐緋紅難掩，向來巧舌善言的他，今日忽然覺得自己都有些笨嘴拙舌了。

「對，呃，我們該出發了。」

「要去哪兒？」

他深深吸氣，努力克制心跳狂擂，微笑道：「我在『樂遊原』的獵場都命人安排好了，飛禽走獸、應有盡有。」

她沉吟了一下。「野外狩獵是爲進食，今日既然是遊獵，那也不必見血了，便把箭矢包裹上布囊沾朱粉，只比騎射功夫吧！」

見拾娘興致勃勃要比騎射，裴行眞忍不住摸了摸鼻子。

咳，他雖精通君子六藝，射御尤其了得，可跟拾娘這樣在戰場上多年廝殺的武將一比，當眞是拍馬也趕不上。

不過，能再見拾娘今日大展身手的絕艷風采，便什麼都值了。

「好！」他笑意盎然。

「駕！」拾娘一夾馬腹，韁繩一提。

裴行眞也亦步亦趨地緊跟而上，只見一道青影和一道白影，風馳電掣地而去……

✦

衡州　張府

張舅父滿臉戒備地注視著前來求見的外甥。

五年不見，這個外甥已然大大變樣了，不再是清瘦俊雅的書生，而是隱有儒官威儀的氣勢。

張舅父對這個外甥既有疼愛也有沉沉的痛心和怒恨惶懼，他在聽到僕人說「表少爺求見」時，霍地起身，頭一個念頭就是將他趕將出去。

後來還是端莊大氣的妻子按住了他的手。

「見一見罷。」

張舅父煩躁地起身，負手來回在堂內踱步，最後大袖一揮。「把人帶進來，然後你們所有人全部遠遠退下去，沒有本官喊人，誰都不許近前來。」

「喏。」僕人忙躬身領命去了。

王宙身著青色官袍，恭敬地而入，一進來就向他們夫婦跪下，重重磕了三個響頭。

他旋即報上自己如今在長安鴻臚寺興客署擔任書丞一職，並和倩娘已有了一雙孿生子，請「岳父岳母千萬寬宥」云云……

張舅父強忍下拿茶盞砸他腦袋的衝動，胸膛劇烈起伏著，忍了又忍，終究不曾失態。

「你還敢來見我與你舅母？」

王宙抬起頭，眼眶含淚。「都是外甥的不是，請岳父母責罰。」

張舅父面色陰沉，張舅母則是不動聲色。

王宙心下惴惴難安，正想硬著頭皮再詢問倩娘的下落，只聽得張舅父冷冷開口：「當年你說走就走，絲毫不顧念我與你舅母會擔憂操心，既然如今你已青雲直上，前程遠大，何必還來尋我這個小小縣令？」

「岳父，」他還以爲自己方才沒把話說明白。「小婿對不起岳父岳母和倩娘，可此番回來，便是備下重禮，想正式提親，給倩娘一個堂堂正正的名分——」

「噤言！」張舅父心一顫，壓低聲音怒斥。「你胡說八道什麼？」

「岳父……」他一呆。

「倩娘在五年前就已經嫁入孫家，現在是孫家的大娘子，你膽敢胡亂詆毀她的清譽？」張舅父目光冷厲隱忍，透著警告。

王宙聞言張口結舌，半晌回不過神來。「什、什麼？」

「我女婿孫戴如今任衡州常寧縣一方縣令，倩娘已貴爲縣令夫人，他們夫妻恩愛何等美滿，刺史大人也對這個姪媳婦十分滿意，你莫昏了頭，來破壞他們的大好良緣。」

王宙眼前有些發黑，死命地掐了掐自己的大腿，藉痛意逼迫自己保持清醒。

從長安南下江南道至衡州，千里迢迢，這樣山路水路趕下來，他已是體力透支，搖搖欲墜，若不是還撐著一口心氣，只怕早就一頭栽倒在地了。

可他一定要把他的倩娘找回來，就算今日要磕死在這裡，他也要哀求岳父母把倩娘還給他和孩子。

只是怎麼也沒想到，岳父非但不承認他，竟然說倩娘五年前已經嫁給了孫主簿……今日的孫縣令？

「岳父……舅父……」王宙儘管冷汗涔涔，還是努力擠出笑容來，殷勤討好地懇求道：「宙兒知道您與舅母生我的氣，氣恨我竟然膽大包天，帶著倩娘私奔，您只管狠狠責罰我，可倩娘是我的妻子不假，我們還誕育有一雙冰雪可愛的雙生子，平兒和安兒，此番沒能帶他們來拜見外祖，我……」

「不要再說了。」說話的換成是張舅母。

「舅母？」

她冷淡高傲地抬了抬下巴，秀麗雍容如故的面容有著一絲不容錯認的厭棄。

「回你該回的地方去吧，這次我與你舅父念在舊情上，不與你計較，識趣的話，你便好好地過自己的日子，閉緊你的嘴……別再回來了。」

王宙臉都急紅了。「舅母，請您聽甥兒解釋……」

「部曲來！」張舅母高聲喊。

「在！」遠遠守在外頭的僕人聞聲領命，忙尋了府中部曲急步而來。

「表少爺得了癔症，你等速速把他嘴捆牢了，多喊上幾個人，備齊車馬，把表少爺平安送回長安去，」張舅母毫不留情地命令道：「路上除了餵飯餵水之外，不許除了束縛。」

「喏！」

幾個張舅母從娘家陪嫁而來的部曲，均是孔武有力，三兩下便熟練地將王宙綑成了蟹子似的，拚命掙扎也掙脫不得。

「嗚嗚嗚……」王宙又驚又恐，極力睜大了眼，拚命想從被布巾子縛住的齒縫中，擠問出自己愛妻此刻身在何處。「倩……嗚嗚嗚……」

張舅父掩在大袖裡的手緊握成拳，若非是文人出身，只怕早就一拳把這不肖甥兒給打昏了。

「拖下去，拖下去，見了就心煩！」張舅父斥喝驅趕，眸裡卻隱藏著一縷難辨喜怒的幽光。

直到王宙被拖走了，張舅父張牙舞爪的武裝才一瞬間潰散了，他肩背垮了下來，整個人彷佛老了好幾歲。

張舅母方才的冷漠倨傲也消失無蹤，取而代之的是熱淚盈眶，喃喃道：「這樣就好……這樣就好……」

良久後，張舅父勉強直起身子，長嘆一聲。

「苦了這倆孩子和小孫兒們。」

「事到如今，我們也只能這麼做了。」張舅母一咬牙。「孫刺史那兒得罪不得，若是再鬧到孫家那裡去……總之，阿郎，無論如何咱們都得咬死了，倩娘嫁與孫家，王宙已然和咱們沒半點干係了。」

「這孩子也太認死扣。」張舅父苦笑。「不過也虧得他自小便是這溫良忠正的性子，否則他在外頭大鬧起來，打得我們一個措手不及，那才真的叫全完了。」

張舅母想起這些年來的煎熬，忍不住又落淚了，哽咽道：「阿郎，孩子會怨恨我們的吧？」

張舅父啞口無言，片刻後只能疲憊地擺了擺手。「我們……已經做了我們所能做的，他們怨恨不怨恨的，也於事無益了。」

張舅母眼巴巴地望著門外，還是不忍心，躊躇道：「阿郎，妾身還是讓奶嬤嬤跟著隨行部曲，送宙兒回長安，也讓奶嬤嬤幫著咱們看一眼兒……」

「不可！」張舅父忙制止。

張舅母心下難過。「有何不可？妾身也順道收拾些金項圈衣料什麼的給奶嬤嬤帶上，旁的不說，總該給咱們外孫兒添些見面禮……」

「嬤嬤向來是妳身邊最得用的，平時出門赴宴交際往來，哪家夫人不熟悉？要是見嬤嬤長時間不在妳身邊，叫人起了疑竇該如何是好？」

「不至於吧？」張舅母駭笑。

「咱們就是靠慎之又慎才安然度日至今，」張舅父神色嚴肅。「只要倩娘過得好，咱們做父母的還有什麼委屈不能忍，什麼罵名不能受的？」

張舅母淚光閃閃。「阿郎，妾身明白，只是……這樣兩頭瞞的日子，要熬到什麼時候，才算到頭兒呀？」

「再等等，再忍忍罷。」張舅父忽然聲音更低微了。「……大舅兄日前密信來便提及，朔方有異動，李郭宗大將軍和朝廷必然有所布置。」

張舅母下意識屏息聆聽。

「……江南道乃魚水之鄉，稻熟倉滿，堆金積玉，孫刺史在衡州這許多年，養肥的也不只是膽子，」張舅父小聲道：「五年前我尚且不知，孫家原來已經涉入如此之深了，若早知如此……」

他雖然話沒說完，張舅母也明白夫郎的未竟之意。

若是五年前，他不是一心只埋首衡陽縣務，只顧著安養百姓溫飽、審理訴訟冤屈，巡視農漁買賣營生等……而是再多分些心思，多多注意朝政與地方官員暗潮洶湧爭鬥上，也不至於因著孫主簿此子年輕有爲，又背靠孫家這棵大樹，倩娘嫁給了他，必然日後一生安樂、富貴無憂。

……唉，總之事已至此，他們夫婦倆也只能亡羊補牢、盡力周全了。

「大舅兄說，李郭宗大將軍行事向來雷霆手段，聖人更是高瞻遠矚，算無遺策。所謂大軍未動，糧草先行，孫刺史說不定就是他和聖人眼中養肥了的待宰牛羊，」張舅父一頓，也不知是憤慨還是感觸。「況且，也不算冤了他。」

張舅母聽了又是歡喜又是忐忑，可更多的是對前途茫茫莫測的不安感。

「但最終會不會城門失火，殃及池魚？」張舅母想到嫁進孫家的女兒，忍不住打了個大大的寒顫。「不行，阿郎，咱們得趕緊想個能讓張家脫身之計。」

張舅父臉色微微發白，眼神瞬息間竟閃過了一絲像是愧疚又是悔恨，又隱隱猙獰之色。

「我……」張舅父喉頭灼乾得厲害，不若方才提起女兒時的慈祥與溫情，他在這一刻全然像是變了個人。「妳放心，倘若事情眞到逼不得已的那一天，我自有萬全之策。」

張舅母不知怎地心下狠狠一顫，有個她始終不願承認的可怕念頭突然竄了出來……

向來端麗沉穩的世家大婦，眼下面色灰敗，哆嗦不止。

「難道……」張舅母艱難地吞嚥著口水。

張舅父目光沉痛，說出口的話卻是令人刺骨生寒。「無論如何，張家上下二十餘口，張家三族不下百人，不能跟著我們陪葬。」

只要犧牲一個人……

張舅母猛地摀住了嘴，淚水已經洶湧奪眶而出。「不，肯定還有旁的更好的法子……我們，我們不能……」

「張家，只剩下這一條後路了。」張舅父的低語彷彿從很遠的地方傳來，虛無飄渺，酷寒無情。

◆

長寧縣　孫府

孫戴雖是孫刺史的遠房姪兒，卻向來能討孫刺史歡心，否則也不會年方二十六，就能在號稱油水肥縣的長寧縣當這個縣令大人。

他雖然中等身材，卻是一張端正的容長臉，生得眉目清澈，笑容可掬，尤其是穿上官袍之時，任誰都忍不住舉起大拇指賀一聲——

青天大老爺好丰采！

在外，他長袖善舞，謙遜勤奮，短短幾年，便累積下了不錯的官聲。

只是唯有枕邊人方知，當他從刺史府中歸來，緩緩將房門上栓之後，就是噩夢的開始……

比如此時，直待鬧到天明，孫戴方愜意饜足地翻身下床，命貼身僕人來服侍他梳洗更衣。

他在踏出房門前，忽地頓住腳步，回首溫柔地道：

「昨晚又叫娘子受累了，爲夫此番從刺史府得了些上好的人蔘靈芝，待會兒便讓僕婦好好地燉些補湯來，娘子千萬記得喝完，知道嗎？」

被褥裡的女人顫抖了一下，沙啞而柔順地道：「多謝夫郎疼我。」

「倩娘，我是不是這世上待妳最好的人？」

青絲紊亂的倩娘勉力撐起身子，緊緊用絲被包裹至光裸的肩頭，僅露出一小截如玉凝脂的頸項。

「是……夫郎是這世上待倩娘最好的人。」

「可還記得，我是王郎還是孫郎？」他的嗓音越發溫柔了。

倩娘雪白的小臉連唇色都是慘白的，在接觸到他的目光時，長長睫毛連忙往下遮掩，蓋住了絕望的痛苦和仇恨之色。

「王郎是誰？我深愛的夫君，自然是孫郎。」

「別再想著離開我……倩娘。」

倩娘身子抖得更厲害。「不，不會的。」

「我真是歷盡千辛萬苦，好不容易才尋回了妳。以後，我絕不會再讓任何人搶走屬於我的東西。」他語氣深情款款，聽在倩娘耳裡卻恍若最惡毒的詛咒。「乖乖留在我身邊，嗯？」

倩娘拚命點頭，彷彿怕點得慢了，就不能取信於他。

「只要妳不走，我自會任由妳想保護的人，再繼續留在這世上。」孫戴溫言道：「這筆買賣，是妳親口答允的，妳不會想要毀約吧？」

他輕聲細語，嗓音迷離而恍惚……於是她知道，他又開始了。開始了沉浸、徘徊在這五年來反反覆覆的真實與臆想中，無法自拔。

她的頭搖得更激烈了。

「……長安再遠，我也有的是人馬能把妳抓回來。」孫戴柔聲道：「這次，妳可信了吧？」

「我信……我信……」她咬緊唇瓣，幾乎滲出血來。

長安……好一個長安……

「這才是我的好倩娘。」孫戴終於滿意了，微笑著緩步離開上衙去。

倩娘一直到那熟悉又可怖的腳步離得遠了，四周靜謐如幽谷深淵，才敢慢慢放下了緊揪著的絲被。

只見原該白皙如玉的肌膚，從肩頭胸前到小腹間，皆是一點點一片片瘀青和出血，均是被人用牙齒恣意啃咬，用指甲捏掐出來的，幾乎渾身上下沒剩下點完整的好皮子。

新傷覆蓋著舊傷，不知已經如此重複了多久……

倩娘本以爲自己已經麻木了，原來並沒有。

她原本美麗乾淨的眸底透著死氣，還有隱晦深處正漸漸聚攏生成的風暴與恨火。「不會一直如此的，」她喃喃道，忽地詭異地笑了，笑容淒艷而滲人。「再等等……再等等……」

✦

裴行眞和拾娘在樂遊原縱馬奔馳，以十五箭爲約，競比誰在獵場裡射暈的飛禽走獸多。

他倆所持的箭簇都密密包裹成一個小圓球，上頭沾著鮮豔的硃砂。

獵場的官員親自取來了一柱可燃半個時辰的香，在燃起的那一刹那，敲響銅鑼——「開始！」

拾娘騎著「照雪」跑出一小段兒，立刻就揚弓往密林中最靠近的大樹後頭射去！

裴行眞眨眨眼，他還什麼獵物的影兒都沒瞄見……

只見撲通一聲，一頭呆頭呆腦的麅子已經從樹影後頭跑了出來，牠傻呼呼地回頭看了看自己突然多了個紅點的屁股，再看了看拾娘和裴行眞……暈是沒暈，不過還是自暴自棄地蜷伏在草地上，一副任君蹂躪的模樣。

「噗！」裴行眞噗哧笑了出來。

拾娘看著那頭麅子，也攤了攤手。「難怪北面兒的獵戶都叫傻麅子呢！」

似鹿非鹿，溫順傻氣，憨頭呆腦的，屬於被騙了還會幫獵戶數銀子……

此刻，那頭麅子還偷偷試圖蹭掉屁股那點朱紅，而且是蹭一下就抬頭看他們，看他們沒有任何阻止的動靜，便又掩耳盜鈴地蹭呀蹭。

「好想領回去養。」裴行眞被吸引住了，看得津津有味。

拾娘也覺得這頭尅子又傻又鬼精，可想起裴府裡那一馬廄的名馬和一整間鷹舍的鷹隼，忽然有點懷疑起裴相會不會哪天受不住，起身暴打這個把相府養成了獸園的孫兒。

「拾娘，妳覺得如何？」他深邃清眸閃閃。

「……挺好的。」她只能硬著頭皮點頭。

而後下一刻，他們意氣風發的挽弓射獵比試，忽爾就大大走樣了。

只見一身英俊威武、神采煥發的裴大人興沖沖摘樹上最嫩的枝葉，送到她手邊殷勤地鼓勵著——

「拾娘，試試？」

她一臉莫名地接過。

「我幼時曾養過幾頭小鹿，牠們喜歡吃這個。」他俊顏堆歡，笑意吟吟，柔聲催促道：「試試，很有趣的。」

拾娘看著平素深沉風雅、多智近妖的裴行眞，此際卻像個迫不及待與小玩伴分享心愛事物的青蔥少年……她心中一軟，嘴角微揚，對他點了點頭。

「好。」

於是昔日北地令眾獵物們聞風喪膽的「女魔頭」，便有些笨拙卻認眞地在他的指導下，慢慢小心翼翼地靠近尌子，遞出那枝翠綠嫩生生的枝葉，試圖引誘——

「來，吃。」

儘管拾娘技術不熟練，但憨憨的尌子還是動了動圓乎乎的鼻子，忘記了繼續蹭掉屁股上的紅點，又是好奇又是興致勃勃地朝她小碎步跑來。

當尌子低頭嚼吃起她手中的嫩枝葉，拾娘也打量著這頭明顯被水草肥沃的獵場養得心寬體胖的尌子，忍不住自言自語：

「你看著就好吃……」

「好吃？」

裴行眞和尌子同時耳朵一豎。

「我是說，『好』吃。」她回過神來，尷尬地忙補了聲加強的重音。

傻尅子不知人間險惡地安心了，繼續低頭嚼巴啃得歡。

裴行眞則是強忍笑意，貼近到拾娘耳邊，感覺到她突如其來的僵硬，輕輕地道：「我會保密的。」

拾娘耳根紅了。

「……咳，不知道你在說什麼。」

第七章

張家幾名部曲聽主家之令，要將王宙押送回長安，可他們萬萬沒想到，過去他們印象中那個手不能提、肩不能扛，文質彬彬的表少爺，卻能夠在他們眼皮子底下，偷偷磨斷了繩索逃走了。

可部曲們也不是吃白飯的，他們很快就循著痕跡一路追蹤，追到了常寧縣……心急如焚、怒火塡膺的眾部曲總算趕在最後一刻，死命蒙住了在縣衙外巷口處，滿眼震驚，正欲高聲叫喚的王宙。

「倩……嗚……」因著風霜奔波而憔悴得不成人樣的王宙，劇烈掙扎著，卻怎麼也掙脫不開部曲們如鐵般的禁錮。

他目眥欲裂地瞪視著縣衙門口，那個被年輕縣令溫柔攙扶的熟悉纖瘦嬌弱身影。

儘管戴上了輕紗幃帽，遮住了妻子嬌美的臉龐，但那梳綰的傾髻，脖頸的線條，甚至繫垂在腰間壓裙，走動間忽隱忽現的絞絲金鐲……

那是母親送給幼時的倩娘的，後來倩娘大了，就將小巧燦燦的絞絲金鐲打了宮條絡子，繫在腰間做禁步。

倩娘當年和他私奔，身上簪環細軟不多，可絞絲金鐲都是牢牢帶著的，連他們在長安最艱困的頭兩年，小倆口哪怕再苦，也沒起過典當絞絲金鐲的念頭。

此時此刻，王宙看著那絞絲金鐲禁步，悲嗚幾乎衝喉而出。

倩娘……他的倩娘……

王宙激動地就要掙開了部曲的壓制，卻在下一瞬被打暈了。

等他再醒來時，人又回到了馬車上，搖搖晃晃中，坐在車轅上的中年部曲側身盯著他，眼神警戒又是同情。

「表少爺醒了？」

王宙眼底充滿血絲，痛苦地看著他，低啞問：「是你們強迫倩娘的對不對？」

中年部曲打斷了他的話。「表少爺，你搞錯了。」

「我沒有看錯人，她明明就是我家倩娘——」王宙哽咽，簡直無法想像，倩娘消失的這一個多月以來，她身上究竟發生了什麼事？

若是舅父舅母恨他拐跑了倩娘，該打該殺的人都是他，可他們怎麼能又把倩娘送到孫家？

中年部曲皺眉。「倩娘子五年前就嫁進孫家，孫家來迎親的那日，也是僕負責護送，所以僕當眞不知表少爺爲何始終口口聲聲說，倩娘子是你的妻子？表少爺可曾想過，這樣的混話若傳到我家姑爺耳中，倩娘子哪裡還有活路？」

王宙直勾勾地盯著他，顯是不信。「胡說！倩娘五年前分明就與我相偕前往長安定居，我們甚至共同誕育了一雙孿生兒！你們不信的話儘管去打聽，便是常安坊鄰里甚至鴻臚寺少卿大人都能爲我作證！」

中年部曲見他說得那般斬釘截鐵，言之鑿鑿，粗黑的眉毛也不禁皺得更緊了。

「表少爺，眼下還未離常寧縣地界，等會兒我們會經過歇腳的茶舖，店主南來北往的消息最是靈通，你也可問問清楚，看看常寧縣孫縣令的夫人是否正是衡陽縣張縣令的嫡親愛女？」

王宙咬牙，悻悻然道：「若你不再封我的口，我自然是要問個明明白白的。」沒有人比他更清楚，這五年來他和倩娘是怎樣地朝夕相親、情深義重，又是如何胼手胝足一點一點經營著他們寧馨的小家……還有他們的平兒和安兒，現在正翹首期盼著他們夫婦回去。

想到年幼的一雙稚子，王宙心頭酸楚難禁，喃喃道：「我答應過他們，定會把他們阿娘帶回家的。」

中年部曲嘆了口氣，實在也不知為何表少爺這般執迷不悟。

「表少爺，我家倩娘子只有一個人，又是如何有分身離魂之術，一個同時與你私奔到長安成親生子，一個又同時嫁入孫家掌管中饋？」中年部曲提醒道。

王宙被他的問話堵得一滯，堅定的眼神中閃過了一絲絲迷惘之色。

「我家姑爺性子雖好，卻也是刺史的姪兒，如今更為一縣的縣尊大人，難道會同意和家主做這麼一場長達五年的假戲，只爲哄騙於表少爺你？」

中年部曲始終顧念著王宙與主家的幾分甥舅情分，並未直指是他癩蛤蟆想吃天鵝肉，妄自肖想主家掌珠，便臆想出了這麼一段「佳人夜奔，私訂終身」的戲文橋段來。

王宙經過這些時日的焦慮、顛簸、疲憊、驚怒……數度大起大落的情緒起伏，已是搖搖欲墜，在中年部曲低沉堅決的嗓音中，他恍惚間竟也起了一絲茫茫然的自我懷疑。

……是啊？孫家富貴又背靠刺史府，如何會願意和舅父聯手做戲蒙騙於他？

……如果倩娘五年前當眞上了孫家的花轎，那這五年來和他在長安相濡以沫的又是誰？

……難道世上眞有分身離魂之奇說？抑或是這五年來，實則只是他王宙一人莊周夢蝶？

是他內心深處，盼著倩娘與他衝破禮教藩籬，追循心之所向，所以才有那一夜，倩娘追到了舟畔，握住了他的手，願與他生死相隨……人在最脆弱之時，自生心神不寧、魂魄難安，驚悸多魘，幾有神魂欲飄飄然離體之感。

王宙呆呆地看著中年部曲，張口欲辯，卻發現自己腦中一片空白，所有自己曾經深深相信的，在這一瞬卻好似鏡中花、水中月。

何謂眞？何爲假？

中年部曲看著面色如灰，衰敗頹唐的表少爺，心下略有不忍，可事已至此，若不打破表少爺的執念，只怕他會越陷越深，禍延更多人。

車馬轆轆行經歇腳茶舖，中年部曲囑咐了部屬看好了王宙，他親自下車故意藉詞和店主攀談，三言兩語便證實了孫縣令和夫人張氏倩娘鶼鰈情深，常寧縣鄉親父老無人不知、無人不曉。

「……聽說我們縣尊大人可疼夫人了，便是赴宴瞧見了好吃的糕點，都腆著臉跟主家討要食單，好回去讓廚娘做給夫人吃呢！」

「……孫大人真是個難得的好夫郎，據說夫人成親五年未孕，有上官送妾上門，孫大人硬是把人給送了回去，還對外放話，說他今生得賢妻張氏一人足矣，上官好意，只能婉拒。」

「……這常寧縣又有哪家女兒不羨慕張氏夫人好命？」

王宙沒有下馬車，只是靠在窗邊聽著，臉色越來越慘白，最後哇地一聲嘔出了血來！

「表少爺！」部曲驚呼。

而王宙已然不省人事……

✦

王宙昏昏沉沉，大病一場。

後來勉強病癒，回長安的路上他還是失魂落魄、不發一言，只是緊緊地抱著包袱——裡頭是幾件倩娘親手爲他縫製的換洗衣衫——不放。

好似唯有牢牢抓住這僅存的念想，就能證明他並沒有癡妄瘋癲。

馬車進入了常安坊坊門，眼看還要再往裡進，卻被王宙叫停了——

「你們已經完成任務，可以回衡州了。」

中年部曲並沒有理會他的話。

事實上，王宙也知道在這些人的心中，他只是個遭主家厭棄，還差點給主家帶來大麻煩的表少爺，若非他眼下還有官身在，恐怕部曲們一路上對他的態度就不是禮貌而疏遠，而是鄙夷和冷待了。

王宙深吸了一口氣，在踏上長安的那一刻起，逐漸記起的肩上重任慢慢驅逐了骨子裡的頹廢萎靡。

他得振作！

無論如何，他還有平兒和安兒，他還是堂堂正正的鴻臚寺典客署書丞。

他也永遠不會放棄倩娘，無論倩娘終究是離魂了還是旁的原因使然，在回到長安後，他會不惜用盡這五年來結納、攀交的一切人脈機緣，帶回倩娘！

可在此之前，他絕不能再讓自己落入舅父人馬的眼皮子底下。

「我待會就會回鴻臚寺銷假，」王宙冷冷地道：「王某雖然只是區區一書丞，卻身負譯官、錄文書等要務，涉外機密甚廣，若不小心教外人窺見，只怕……」

中年部曲臉色微變，雖然強自鎮定，語氣倒也放軟了些。「表少爺，僕等不敢耽誤您公務，只要送到您府上，我等完成使命便立時出長安。」

「我不爲難你們，既然已經到了常安坊，爾等也無須再怕我掉頭又回衡州，便送到此處止步罷，否則待長安閉門鼓一起，你們人生地不熟的，只怕衝撞了武侯，還得我去牢裡撈你們。」

中年部曲還未說話，其餘部曲已經難掩惴惴之情。

「頭兒，這裡畢竟是長安……」

他們在衡陽縣地界還可仗著是縣令家的部曲，誰都要給三分薄面，可踏進大唐帝國之心，萬邦來朝的長安城，便是路上任何一個武侯，守門的士兵……他們都得罪不起。

中年部曲神色陰鬱了一瞬，而後只得恭敬地將王宙請下馬車。

「表少爺慢走。」

因著日漸清瘦，眉眼間也淵文銳減，越添一絲鋒利凜冽的王宙點了點頭，撐住虛浮的身軀，挺直腰桿目送他們一行人調轉馬頭，駕著空馬車往出城的方向而去……

直到眾部曲身影消失不見，他才握緊拳頭，大步走向他和倩娘、平兒安兒的家。

只是當他來到同僚家門前，卻驚見門上掛了個大大的銅鑄重鎖。

即便同僚尚未下差歸來，可嫂夫人和奴僕也必然在家，還有他的平兒和安兒……王宙心臟狠狠一跳，忍不住衝動上前，一次比一次還急還重地猛拍起門來。

「有人在家否?開門!我是隔壁的王書丞，我來接孩子們……」

可不管他怎麼喊，直到掌心都拍腫了，裡頭還是鴉雀無聲。

王宙內心恐慌無比，這前後近三個月的煎熬波折已經搓磨得他身心俱疲，如今唯一支撐他沒倒下的，就是一雙愛子了。

他狀似瘋狂地又狂拍了一頓門，若非這一帶住的都是小官小吏的屋舍，治安向來不錯，否則他這般大動靜之下，早就引來巡城的武侯了。

王宙面色慘白狂亂，他隨即拔腿轉身往自家方向奔去。

慶幸的是，他家門戶是打開的，裡頭隱隱約約有熟悉的稚子歡聲笑語……

他繃緊的心神在這一霎終於大大鬆弛了下來，險些腿軟的跪跌在地，努力扶住了門邊，擠出笑容往裡走。

「平兒安兒，阿耶回來了……」

卻見一名少婦手抱著安兒，另一手牽著平兒聞聲而出，滿眼警覺地瞪視著他，斥喝道：

「你是誰？」

王宙呆住了。

少婦容顏嬌俏秀美，眉眼間確實和倩娘有幾分相似，可王宙又怎麼會認錯自己耳鬢廝磨、相愛五年的妻子？

——她不是倩娘！她是誰？

少婦緊緊摟著平兒安兒，一雙孿生子也滿滿依戀地挨著她，有些好奇地盯向王宙，忽閃忽閃的大眼睛沒有昔日孺慕歡喜，只有迷惑和一縷怕生的疏離……

「娘……耶？」平兒糯聲問。

「不是阿耶。」少婦柔聲道：「平兒認錯了。」

「耶……吃……好吃……」安兒則是挨蹭著陌生少婦的肩頭，撒嬌道：「娘……」

「娘在呢，」少婦疼愛地看著懷裡的孩子們，輕哄道：「你們先回房裡去，乖乖等阿耶，阿耶說了帶好吃的回來，就不會騙你們的！」

「好……」一雙小娃娃聽話地你牽我我牽你，可愛如小鴨般蹣跚進裡屋。

王宙眼眶熱了。

三個月餘，他的平兒安兒連學步走路都穩了許多。

「平兒！安兒！」

平兒腳步微頓，又忍不住回頭看了瘦骨嶙峋、面色蒼白的王宙一眼，眨眨眼，小臉似有困惑。

「平兒！」

王宙想追上去，卻被陌生少婦抓起的掃帚不由分說地亂砸亂打！

「哪裡來的拐子，光天化日就膽敢上門拐孩子來了？」

「我不是——」

王宙想解釋，卻被掃帚劈頭蓋臉地一頓追打，他拖著虛弱的身軀想閃躲，卻萬萬沒想到最重的一擊卻來自身後！

他後腦勺猛地劇痛，在驚恐回首，眼前陣陣發黑的剎那……

——竟看到了自己?!

◆

初夏時分，荷花新綻……

裴行眞和拾娘自那日遊獵後，感情越發親密無間起來，雖然在刑部當差與辦案時，兩人依然冷靜睿智、不受干擾，很快就能從看似毫無頭緒的案件裡，抽絲剝繭，斷案分明。

可即便是刑部隨便哪個站崗輪値的衙役，都能感受到兩位大人舉手投足，眼神交會間，那濃郁得化不開的心有靈犀和相知投契感。

就連刑部的老書吏私下都偷偷拉著玄機打聽，裴侍郎大人和卓參軍是不是好事將近了？

消息都傳到了劉尙書耳裡，這日暮食之時，他突然親手挾了箸嫩嫩的玉蘭筍片，放在了小女兒道娘的碗裡，嘆了口氣。

「阿耶？」道娘玉雪般精緻出塵的臉龐掠過一抹迷惑。

平壽縣主也敏感地注意到自家夫郎的異狀。「是部裡有什麼棘手的事兒嗎？怎地嘆了這好大的一口氣？」

劉尙書看著近日常常打聽六郎和拾娘返回長安未的女兒，有些艱難笨拙地問：「道娘，最近怎麼不見妳幫忙老道長寫青詞了？」

道娘小臉微微一紅，卻又勇敢地抬頭道：「阿耶，讀經寫青詞雖好，可我前番已說過，想成為裴家阿兄和卓娘子那樣堅韌果敢，能為百姓伸張正義之人，所以女兒看了許多舊案卷宗——」

「胡鬧！」劉尙書臉色一沉。

道娘一顫，難得倔強地道：「阿耶，這是女兒心之所向，即便阿耶阻攔，女兒也要循心中之道，不會退縮！」

「妳哪裡是循心中之道？妳不過是想隨著妳裴世兄的腳步，想他對妳另眼相看。」劉尙書又心疼又氣急。「我和妳阿娘順著妳，寵著妳，便是想讓妳能比這世間大多數女郎過得自在歡快，不受拘束，可妳卻為了六郎，捨棄妳過往歡喜珍惜的一切，去沾染那些妳壓根就畏懼害怕的——」

劉尙書想到女兒這些時日來，偷偷看著卷宗，每每見裡頭關於凶手殘暴的手法描述，以及仵作相驗屍首時，驗屍格上所詳實紀載的字字句句，都令她小臉煞白，幾度搗嘴欲吐，卻還是逼迫著自己繼續看下去。

女兒的貼身女婢也憂心地來稟過，道娘時常夢魘，冷汗涔涔醒來，又怕人知曉，便悄悄奉誦了好一會兒經文，才勉強安神地回到榻上。

是，道娘確實一日日更加堅強了，她也能從舊案裡梳理一些自己從前不曾設想過的角度，有時卷宗看了前頭，她無須看後頭就能推敲出凶手是誰……

但劉尙書就是胸口鬱悶心中不爽。

——爲了六郎，何至於此？

平壽縣主看著父女倆一老一少，明明生得不相同，眉宇間卻有著相同的執拗，不禁頭疼起來。

「……咳，六郎也是咱們看著長大的孩子，最是放心了。」平壽縣主清了清喉嚨，笑道：「道娘既然有心，先熟悉這些刑獄之事，日後夫唱婦隨，也是一段佳話。」

道娘臉蛋越發紅了，可她忽然想起了那抹和裴家阿兄並肩而立的冷豔英氣身影，心口不知怎地又悶悶的，有種說不清道不明的愧疚和失落。

劉尚書終究忍不住，喟嘆一聲。「六郎若對道娘有男女之情，在道娘及笄之年，裴相府又怎會毫無動靜？」

道娘小臉漸漸白了。

平壽縣主忙握緊了女兒發冷的小手，警告地瞪了劉尚書一眼。「那不是道娘當時還小麼？雖說十五及笄便可婚嫁，可長安哪家疼惜女兒的，會眞正十五就讓女兒嫁人？聖人和娘娘都說了，小女郎家家身子骨長成，日後才好過生育那一關……沒見前朝許多女子，就是太早成親生子，方於壽數有損。」

劉尚書也不忍心愛的小女兒難過，可縱著她再流連耽溺於一段無望的情感和姻緣之思中，只是飲鴆止渴，終會害了她的。

「我聽說，日前六郎和卓娘子已經彼此確定了心意，」劉尚書深深吸了一口氣。「再打聽，原來裴相早樂觀其成，所以卓娘子借住裴家別院，裴相還特地撥了慶伯過去服侍。」

「慶伯親自去了？」平壽縣主倒抽了口氣。

劉尚書點點頭。「是。」

裴劉兩家淵源甚深，素來親近，自然知道慶伯身為裴相的心腹奶兄，他的出面，便代表了裴相的態度，以及裴相府上下對卓娘子的看重程度。

「阿耶，阿娘，」道娘突然開口，打斷了他們的話，款款起身行了個禮。「女兒想起還有晚課未做完，便先行告退了，二老慢用。」

劉尚書和平壽縣主眼巴巴地看著女兒的纖柔背影，狀若無事的一步步翩然離去，清揚脫俗如故，彷彿靜夜裡悄悄舒捲的曇花……

無人見時，她靜靜綻放雪瓣香氣，可當人們查覺到時，甫匆匆驚豔一瞥，又便已默然綣收。

如同未曾說出口的愛意，尚不及實現的心願……

平壽縣主眼眶溼了，刺繡絢麗精巧的袖子此刻被她緊緊捂在口鼻處，努力抑住嗚咽而出的輕泣。

「都是我們做父母的不是，早已知女兒的心事，便該在去歲六郎往蒲州前，先求裴相把兩家親事訂下……」

劉尚書這些時日來，每每午夜夢迴，何嘗沒有過這等惋惜嗟嘆？

可他心知肚明，六郎看著溫文爾雅好說話，可性子卻是最像裴相的，都是外圓內方，中有錚錚鐵骨，誰都別想勉強他做下他不願做的決定。

便是聖人都親暱地笑罵過——

……六郎這崽子看著精明狡詐似狐，實則重情重義，固執如泰岳難移，不是魏徵教出的弟子，偏偏有其七分的風骨，幸虧嘴皮子肖了他阿翁，言笑晏晏，圓融通達，也是寡人之幸哉，否則老中青三個齊齊上來對寡人一陣唸叨，寡人又得逃回去尋我家觀音婢求安慰了。

長孫皇后小名觀音婢，是聖人最愛重信重的髮妻，溫婉賢淑、機智過人且豁達寬容，風趣可親。

曾有柳妃膝下公主求到皇后跟前去，說想下嫁裴六郎為妻，寧願不建公主府，只盼能鳳棲裴相府……卻被長孫皇后溫和卻堅定地駁回了。

長孫皇后還說，六郎是個有主意的，若哪日他真正同哪位女郎兩情相悅，小兒女家想締結良緣鴛盟了，開口求到本宮面前來，本宮自會主持，可若要本宮仗著皇后之尊就亂點鴛鴦，本宮可不做這個惡人。

連聖人和皇后都這般說了，放眼整個大唐，還有誰敢頭鐵脖子硬的強要打裴六郎的主意？

劉尚書心知肚明，即便他拿著多年世交情誼前去相求，還不用裴相露面，只要慶伯出馬，便是來揪光他滿臉鬍子，他也不敢吭一聲。

平壽縣主咬著唇，還是有些不甘，低聲道：「卓娘子確實也是難得的巾幗英雄，人中龍鳳……要不，便讓她們娥皇女英不分大小？卓娘子灑脫，道娘溫順，也算是一齊便宜了六郎那小子。」

這長安又有哪個高官貴胄只娶一妻的？咳，自是除了裴相府和中書令房公外。不說別家，即便她自己貴爲平壽縣主，在身有不便時，也幫夫郎納了一房小妾，還有兩個暖寢的女婢。

雖然夫郎鮮少去她們屋裡，可妾室在大部分高門後院，那就是個錦上添花的玩意兒，如同一座繡屏，一隻百靈鳥兒……

這對平壽縣主來說，還眞不是什麼大不了的事。

劉尙書陷入沉吟，最後依然是愛女之心凌駕理智上風，遲疑頷首道：「此事可行，但還是得從長計議。妳也多勸勸女兒，且放寬些心，別爲了六郎，逼迫自己看那些……總之，她自有她的好處，不必事事與卓娘子比。」

他也不信六郎和道娘青梅竹馬，心中對道娘沒有半點情愫憐惜，況且六郎爲人是信得過的，只要他同意將道娘納入羽翼之下，必會一輩子待她好，不會叫她委屈的。

「知道了。」平壽縣主輕嘆，可也無心再用飯了，對著滿桌的佳餚美酒只覺索然無味，擺擺手讓女婢們收了。

「我還沒吃飽……」劉尚書舉著箸，眨巴著眼，無奈地看著一下子空蕩蕩的食案。

可平壽縣主此刻滿心滿腦都是女兒，哪裡管這糟老頭吃沒吃飽？逕自起身，在女婢的攙扶下匆匆找道娘說私話去了。

◆

裴行眞哪裡知道劉府這兩日的雞飛狗跳，他往常若是休沐日，不是在相府內撫琴看書做詩餵馬，就是熱衷於埋首案牘公文卷宗內，極少有興致往外跑。

可自從和拾娘心意相證了後，他現在天天上朝下差都是容光煥發、神采飛揚，到了休沐日，更是巴不得前一天就賴進別院裡，好在翌日破曉曙光乍現時，便跑去敲拾娘的房門。

「拾娘，我們出去玩兒吧？」

如同今日，拾娘才剛在房間內梳洗未罷，又聽得裴行眞已經在門外輕輕拍門叫喚，嗓音清亮溫柔，好不歡喜。

拾娘還沒說什麼，住在她隔壁房的赤鳶已經默默翻了個不雅的大白眼。

裴大人這股膩答答的勁兒，比卓家軍獵犬隊裡剛下的那幾隻奶崽子還黏人。

嘖，若不是他著實皮相太好，感覺阿妹都有些吃虧了。

赤鳶面無表情卻熟練地撕下了兩塊小碎布，捲捲塞住兩邊耳朵。

而這一頭，裴行眞不知赤鳶正在腹誹嫌棄他，當然即便知道了，他心情這麼好，自然也不會當一回事。

「今天這麼早？」拾娘開門，面露疑惑。「大人是五更三籌坊門一開就出門了？」

永寧坊到新昌坊距離可不短，騎馬也要大半個時辰，可剛剛聽著開門鼓才搥完不久。

裴行眞高大頎長身姿挺拔，眉眼卻淨是笑意吟吟。「我與杜家阿耶的孫兒是好友，他也住新昌坊，我昨日和他談論詩文，天晚了便在他家歇下，抵足而眠。這同在一坊，出入方便得很，自然來得快。」

拾娘沒想到他爲了能在休沐日早些與她相會，又顧慮她的清譽不敢同住別院，昨晚便蹭杜家兒郎的床……

她嘴角微微抽搐，一時間也不知該感動還是該揉眉心好。

「今日我們遊湖去吧？」他卻是笑眸繾綣，熠熠生光。

拾娘心頭一軟，暖意如蜜流淌而過。「嗯。」

✦

初夏長安近郊遊人如織，裴行眞已經命人備下輕舟，他親自搖櫓，舟上安了只四方紫檀矮案，螺鈿食盒裡的一味胭脂鵝脯、一碟橙絲魚膾、一小盆的雕胡飯和一小罈子的「郎官青」。

粉紅嫩白荷花掩映在碧綠荷葉間，湖水青青，涼風習習……

輕舟破水而過，驚動菡萏，幽香蕩漾，沁人心脾爽。

隨著搖櫓划動，岸上人聲漸漸遠了，舟身恍入祕境，四周寧靜得只偶爾聽得一兩聲水鳥拍翅而起。

拾娘盤腿半倚在舟邊，一手持著酒杯，啜飲著這甘冽芳醇的「郎官青」，微瞇著眼看著面前俊美如玉、笑眼瑩然的裴六郎。

平素幾斤烈酒也不見罪的她，此刻不過才呷了兩口，竟已有了醺醺然之感。

拾娘腦中模模糊糊想著——

……唔，赤鳶阿姊說得對，無論誰娶誰嫁，單沖著裴大人這份郎艷美色，便值了。

就在此時，拾娘眼角餘光倏然瞥見了蘆草茂密的岸邊，一個丟魂失魄的身影，正直勾勾地盯著水面，而後淒涼絕望地縱身跳下湖！

「大人，有人投水！」

她霍然驚坐而起疾喊一聲，裴行眞也聽見了那撲通的落水聲，旋即動作迅捷有力的調轉舟頭，搖櫓往那人墜湖的方向而去，拾娘站立於舟上，隨時準備撈人……

◆

當消瘦憔悴得再無昔日容色氣度的王宙，渾渾噩噩從昏迷中醒來時，目光呆滯，面上消沉。

「爲……爲何要救我？」王宙聲音嘶啞如吞服過燒炭般粗嘎。

「螻蟻尚且偷生，你好手好腳，爲何要尋死？」一個清朗優雅的嗓音響起。

王宙側首看去，不由一呆。

面前的英俊郎君和冷艷女郎神色關注地看著他，那英俊郎君又復問了一句：

「究竟是遭遇怎樣的難事，竟讓你連性命也不要了？」

王宙熱淚奪眶而出。「我……」

過去這幾天他簡直生不如死，每一寸更漏時分流轉，都痛苦漫長如煉獄般熬煎。他明明是王宙……可所有他認識的人都說他不是……說另一個「王宙」才是眞正的王宙！

那個人生得與他一模一樣，就連皺眉的樣子，笑起來的樣子，都一般無二……平兒安兒也親親熱熱地摟著那個「王宙」的脖頸喚阿耶，而在他眼中假冒他愛妻的女子，人人卻都自然地喚她「倩娘」。

王宙不斷地向鄰人解釋，他不是歹人，他才是眞正的王宙，可沒有人相信。

即便連恰巧訪友歸來的同僚夫婦，驚疑不定地看了看一身狼狽、面色憔悴猙獰的他，再看向一旁身長玉立、彬彬有禮的「王宙」，也不禁對他皺起了眉頭，喝斥他膽敢冒充鴻臚寺官員？

還說「王宙」半個月前就已經回長安，親自去向他們夫妻領了平兒安兒回家，他冒充「王宙」是何居心？

他急急探手入懷，掏出過所想證明自己的身分！

過所上，還有他此番來回衡州和長安路上所經水路關戍的記載和核印。

只是王宙怎麼也沒想到，他掏出的那過所卻是粗製濫造，一眼就能看出是僞造的！

他不敢置信地抖著手來回反覆檢查著過所，嘴唇哆嗦。「不可能，這不可能……」

最後，終究無人信他，鄰里驅他。「王宙」緊緊摟著「倩娘」和兩個孩子，高聲喊著要叫武侯來拿人！

王宙只得捂著受傷腫痛得嗡嗡作響的腦袋，踉蹌倉皇地逃離常安坊……

短短時日，他盡失所有。

王宙顫抖破碎的聲音，點點泣血地說完了前因後果，他鬢髮凌亂衣袍褶皺，都快瘦脫相的凹陷臉龐麻木哀涼，顯然已是絕望到了極點。

裴行眞和拾娘聽完了他的敘述，眸光銳利沉思。

「你既有官身在，昔日又受鴻臚寺少卿提攜，便是回到鴻臚寺當眾對質，將你曾書寫過承辦過的卷宗取出，字跡一一比對，也能證實自己身分，何須淪落至投河自盡的地步？」裴行眞微瞇起眼，質問道。

王宙勉強舉起無力的雙腕，淚流滿面。「我當日逃走後不久，便遭幾名不知哪兒竄出的乞兒打劫，非但奪走我身上錢囊，還刻意踩踏我的雙手……」

「奪你錢囊，冒你身分，讓你尋不到妻也認不得兒。」饒是裴行眞見慣世間險情惡事，也覺幕後設局之人著實歹毒，不禁搖了搖頭，神色嚴峻道：「這是想讓你上天入地求告無門，當眞狠辣。」

「這樣環環相扣、步步緊逼，」拾娘也皺眉。「看來幕後之人恨透了你。」

王宙呼吸一停，黯淡如灰燼的雙眼倏然又燃起了一絲微光。「你、你們相信我？你們當眞信我說的話？相信我才是眞正的王宙？」

「雖然你所說的一切聽來確實荒誕離奇，」裴行眞頓了一頓。「但不論其中是何謬葛緣由，可人人口中僞裝冒充「王宙」的你，卻不曾從中獲得任何好處，反而潦倒困頓，走投無路。若非我二人今日泛舟碰巧及時救下了你，恐怕你已然做了這湖中水鬼。」

身分有眞假，人心有善惡，加害者和被害者，必然有人從中獲得利益，有人面對失去。

眼前這名自稱王宙之人，倘若是他對那位夫妻恩愛、一家和樂的「王宙」因故心生忌妒，或是另有所謀而想掠奪其身分，卻因爲種種原因不能得逞，必然是此計不成，再生一計。

一個滿心謀算的人，又怎會選擇自盡這麼蠢的路子？

按常情推論，只有眞正走投無路、心灰意冷之人，才會死志堅定地尋這般靜僻之處了結自己。

「所以我們會查出眞相。」拾娘接過話來，目光澄澈犀利堅毅。「如果你所說確實句句屬實，裴大人與我都不會坐視不管，定然爲你主持公道。」

「裴、裴大人？」王宙呼吸一滯，不敢置信地睜大了眼，喜極而泣。「難道……難道您便是刑部那位素有玉面青天之稱的……裴行眞裴大人？」

「是，我是裴行眞。」他溫言道。

王宙激動地掙扎爬摔了下床榻，在他上前攙扶時，緊緊攀住了其衣袖。

「裴大人，求裴大人幫我，救救我妻兒……」

「你放心。」裴行眞溫和地扶起了王宙。「大夫說你後腦瘀傷，又經大驚大怒損了心脈，無論是想找回你的身分還是救你的妻兒，你都不能先折了自己。」

王宙淚流滿面，哽咽地猛點頭。「多謝……大人……」

裴行眞回頭看向拾娘，眼底隱隱有一絲歉然。

本說好今日休沐陪她遊湖，卻沒想……

拾娘和他心意相通，瀟灑一笑。「大人，正事要緊。」

「我下次必定好好補償妳。」他柔聲允諾道。

「不打緊，」她疏朗粗豪地擺了擺手，已然眸光熠熠地盯著王宙。「王書丞，你再想想，可還有什麼疏漏未提的痕跡和線索？還有，張縣令夫婦自然也認得你，爲何你不回衡陽縣請他們爲你證明身分？」

王宙呆住了。

是……是啊，爲何他沒有想過回去請舅父舅母作主？即便是舅父不能輕易告假，可舅母也能來長安揭穿「假倩娘」！

「我……我屢受打擊，萬念俱灰，竟沒想起還有舅父舅母可爲我作證。」半晌後，王宙羞愧地低道。「堂堂男兒，怎可受此挫折便輕言放棄，輕易尋死？即便過所遺失，身無分文，便要一路行乞，我也該回到衡州，爭得這一線生機……是我錯了。」

「對，明知妻子不知流落何方，一雙孿生兒又在居心叵測之人手中，不去拚個明白、掙個清楚，把妻兒搶回身邊，偏還尋死覓活的，」拾娘見王宙垂淚，拳頭有點發癢。「別說算什麼男子漢大丈夫了，便是我們女郎也沒這般孬種的。」

王宙簡直頭都快埋到胸口了……

「咳。」裴行眞清了清喉嚨，掩住了笑意，大手溫和地按住了拾娘的拳頭。

「王書丞不曾經受過這些，一時想差了也是人之常情……不過卓參軍的話確實有理，王書丞可記得了？」

「下官記得了。」王宙戰戰兢兢持叉手禮悔過道。

「本官會讓人去向張縣令核實你的話。」裴行眞自然不會對外提及，刑部在大唐各處安插的「暗線」一事，只是簡略地道：「鴻臚寺那頭，我也自有計較，你如今便安心在此處將養。」

「多謝裴大人。」

第八章

有些事對於王宙而言，注定如天塹般不可飛渡。

但對於身爲長安朝臣權勢中心一份子的裴行眞來說，甚至不需要他出馬，只消發話一聲，稍後就有人將「鴻臚寺興客署書丞王宙」的甲歷送至裴氏別院內，裴行眞的書齋案前。

親自送來王宙甲歷的，還是鴻臚寺僅次於少卿之下的主簿。

薛主簿是個美姿儀的中年官員，風度翩翩，恭敬行禮。「下官薛念禪，見過裴侍郎。」

「不用客氣。」裴行眞微笑，親手斟了杯茶給他。「先喝口茶，再同裴某說說你印象中的王宙此人吧！」

「多謝裴大人，」薛主簿受寵若驚地接過，而後稟道：「王宙王書丞在興客署素來勤懇溫順，爲人低調不打眼，在同儕間名聲頗好，雖非長袖善舞、能言會道，但交付與他的卷宗文冊都能梳整得一絲不苟、條理有序。」

「你可知他告假三月有餘之事？」

「下官知道。」薛主簿道：「自少卿得了卒中之症，告假休養後，鴻臚寺卿聞大人便讓下官暫代其處理事務，所以王書丞告假的條呈，也是下官準批的。」

「他告假的理由是什麼？」

「說是其妻張氏失蹤了，他懷疑是岳父母派人來長安把女兒帶回了娘家。」薛主簿頓了一頓，有些尷尬道：「王書丞也是見瞞不住了，才如實跟下官說明，五年前和張氏的婚事未經父母允許，所以他此番告假，也想正式回去認錯和提親的。」

裴行眞和靜靜坐在一旁的拾娘交換了個眼神。

王宙所說的，到目前爲止都得到了證實。

「然後呢？」裴行眞再問。

薛主簿嘆了口氣。「半月前，王書丞回到興客署銷假也辭官，其眉眼有憾色也有喜色，說是此番回衡州路上不幸遇水匪，他為逃命選擇跳水，卻被水流衝撞在礁石上，不只手腳俱傷，還從此落下暈眩頭疼嘔吐之症……」

裴行真挑眉。

——竟這般巧合？

「後來，他好不容易千難萬險地回到了衡州，總算尋得妻子，終獲岳父母二老原諒，而此番重回長安，也是因著昔年私奔之舉，自覺立身不正，實是有愧輿客署，便回來告罪辭官。」

裴行真若有所思。

「王宙說了，辭官之後，他們夫婦會攜子回衡州侍奉尊長，闔家團圓。」薛主簿道：「下官見他去意已決，也不好攔阻，只好上報聞大人，聞大人也批了准……王書丞頭傷不能交接，還是下官幫著理的。」

裴行真沉吟。「他說傷了手腳頭顱，你便信了？」

薛主簿一愣。「下官……下官也沒有不信的道理啊，畢竟好端端的，無故誰捨得辭官歸鄉？」

「你這半個月來，可有察覺『王宙』有什麼迴異於往常的行止談吐？」

「這……」薛主簿回想。「倒是感覺到王書丞說話慢了些，好似在使勁想著該怎麼應答，但他傷了頭，倒也難免……對了，大人爲何這樣問？您是覺得王書丞有什麼不妥嗎？」

裴行眞沒有回答，只說：「你身爲王宙的上官之一，這些年來在鴻臚寺公務中，可有過什麼只有你二人才知道的交集？或是王宙不爲人知的習慣？比如飲食忌諱或身有胎記之類的，再芝麻蒜皮的小事也無妨，能否說出那麼一、兩件？」

薛主簿面色越來越疑惑了，可面對裴行眞詢問，也只能仔細深思回溯。「是，下官好好想想。」

裴行眞對拾娘點了點頭。

拾娘起身，悄然無聲離去。

薛主簿不知裴大人和卓參軍這番動靜目的爲何，便是好奇也不敢問，片刻後驀地想起一事，興沖沖道：

「大人，下官想到了。」

「請說。」

「王書丞一雙孿生子洗三禮時，下官也曾到場，閒談間偶然聽王書丞提起過，孿生子背後有兩點硃砂痣，同他這個阿耶一模一樣……」薛主簿道。

「硃砂痣？」裴行真眸光一閃。

「是。」

「還有旁的嗎？」

薛主簿想了想，嘆了口氣。「……還有，去歲番使來朝，由下官命人接待，王書丞隨行作文書錄載，那番使喝多了有些發酒瘋，朝下官揮拳，是王書丞挺身而出攔了一把，替下官挨了一拳，至今想來，下官還覺得內疚不已。」

「當日知道此事的只有你們二人嗎？」

「是……」薛主簿點了點頭，隨又猶豫道：「當日只有番使和我們二人知道，可過後王書丞臉上青了一大塊兒，下官去找鴻臚寺醫官取了上好的藥酒送往興客署……咳，想來旁人自會好奇打聽，那事倒也算不上隱密。」

裴行眞溫言道：「無妨，那麼你可知王宙素日在興客署和哪幾位同僚較爲交好熟悉？」

「回大人的話，那自然是和他比鄰而居的鄭錄事了，他們感情素來親厚。」薛主簿殷勤問。「大人可需鄭錄事前來接受問話？」

「好，有勞。」

「大人客氣，應該的應該的。」薛主簿忙起身去外頭跟隨行小吏叮囑了兩句。

很快地，鄭錄事便趕到了別院。

鄭錄事正是王宙託付一雙孩兒的那位同僚，在裴行眞的相詢下，一一回答了他的所知所見。

「……回大人，王兄此番回衡州受了大罪了！他雖然還認得出我與我夫人，對平兒安兒也是極爲親近，可心神記性卻像是失卻了大半，連言談反應不似往日的機敏通達，常常話說著說著便捂頭喊痛。」鄭錄事面露不忍。「往年王兄也有頭痛之症，可並不曾發作得這般厲害……」

「等等！」裴行眞微眯起眼。「你說王宙往年也有頭痛之症？」

「是，」鄭錄事回道：「王兄曾提過，自己少年時曾大病一場，病癒後便落下了這個舊患。」

裴行眞蹙眉。

鄭錄事大氣都不敢喘一聲，有些不安，又有些迷惑不解地看向薛主簿。

可惜薛主簿也不知裴大人爲何會對王宙之事這般感興趣，但裴大人官大了他們好幾級，即使再滿腹疑竇，也只能繼續乖乖地垂手恭立。

「聽說前些日，有人出現在王家，宣稱自己才是眞正的王宙，你怎麼看？」裴行眞清眸一目十行地瀏覽過手邊的甲歷，修長指尖摩娑著紙沿，忽然問起。

鄭錄事心頭一凜，吞了口口水。「這般荒謬之事，竟也傳到了大人的耳邊嗎？」

「確實挺荒謬的。」他平靜地問：「你當時人在現場，對嗎？」

「大人怎麼知道？」鄭錄事睜大了眼。「下官和妻子恰好從娘家回來，途經王家，那時王家院子鬧哄哄不可開交。一個形容消瘦落拓，眉眼間確實有那麼幾分形肖王兄的男子高聲叫喊，說他才是王宙，還說王家的那個是假的，連其妻張氏也是假的……」

「你不信他？」

「大人，您沒瞧見那時的情景，那人狀若瘋魔，把兩個孩子都給嚇壞了。」鄭錄事此刻回想，還有些忿忿。「張氏摟著兩個孩子哭，那人想上前搶孩子，王兄則是拚命阻擋，護著妻兒，被那人撕打得一身狼狽，也始終不退。」

裴行眞不語，心下也有些感慨。

若非王宙投水自盡時被他和拾娘所救，他倆聽其泣訴前因後果，對「眞假王宙」起了疑心，插手查辦此事，否則如此刻，在聽了鄭錄事敘述當日景況後，他恐怕也會有相同的想法，便是有人瘋魔胡亂認親，搶抱孩子，背後意圖不明……

只是，薛主簿和鄭錄事的說詞自也有其眞實性可供參照，無論如何，在所有線索尚未齊全，眞相未能揭開之前，他也不會主觀地否決掉事件的任何可能性。

也許，王宙的確是假的王宙，甚至不惜以性命做僞證，哪怕手段再慘烈，也要達成其背後不爲人知的目的。

誰知道呢？

所以才要求實求眞，抽絲剝繭，以期水落石出……

「本官想請二位認一個人。」他緩緩起身，開口道。

✦

常安坊　王家

「王宙」夫妻已經把細軟和一些要緊物事收拾得差不多了，平兒和安兒則是靜靜地躺在床榻上，睡得正熟。

「……夫郎，你後悔嗎？」「倩娘」摺疊著孩子的小衣，忽然開口問：「你本來可以不被牽扯進來的。」

「王宙」本來安安靜靜地把玩著一隻木頭雕的小狗，聞言溫文憨厚的臉上先是有些茫然，而後又像是想起了什麼，旋即湧現了一絲控制不住的猙獰與痛苦。

「不……不後悔！」「王宙」倏然一手緊緊把小木狗摟在懷裡，一手試圖抓住「倩娘」的手，卻又怯生生地不敢。「……我做得很好，對不對？」

「倩娘」眼眶紅了，她點頭。「對，你做得很好。」

「我報仇了嗎？」「王宙」喃喃地說：「我報仇了的，他那天看起來很痛、很難過的樣子……」

「倩娘」輕聲道：「是，他很痛苦。他們兩個都很痛苦，痛苦就對了。」

往後，還有更痛苦的等著他們。不，不只是他們，還有張鎰夫婦，還有……

目的已經達到一半了，而剩下的一半……在衡州。

「倩娘」自言自語道：「我們在那些人的眼中，也不過是一群螻蟻，可即便只是螻蟻之怒，也要拚死叮咬上那麼一口，入肉三分，教他們至死難忘……」

「王宙」看著她，眼中有著滿滿的信賴和依戀。「阿姊，妳會帶我走對嗎？我能一直一直跟著妳對嗎？只要我聽話對不對？」

「倩娘」睫毛輕顫，迅速地遮掩住了眸底的淚光。「……對。」

「王宙」笑了，時而清澈憨然、時而混濁晦暗的眼神，此刻明亮如雪霽天晴，滿滿歡喜的盼望。

「真好呀。」他悄悄地，小心翼翼地輕輕牽住了她的衣角，而後攢得緊緊的。

見他隱約又露出了一絲童真的稚子之態。「倩娘」又是心酸又是擔憂，想訓斥他要有個大人的樣兒，得更像王宙的舉止形容才行……可終究不忍心。

也罷，鴻臚寺那頭已經辭官，鄰里同僚處也已辭行，屋裡東西都收拾得差不多了。

在今日日落，八百聲淨街鼓響起前，雇好的馬車就已經載著他們永遠離開長安，猶如滴水入江海，再無半點痕跡……

「你千萬記得，要叫我倩娘，或叫娘子，叫細君，不能再叫阿姊了。」「倩娘」叮嚀。

「王宙」乖順地點點頭，而後忽然坐挺身姿，溫柔地對她喚了一聲——

「娘子。」

「倩娘」心頭一怦，有些恍惚地看著眼前眉目俊朗，有一霎神情沉靜的年輕男子……

彷彿，他眞的是個二十餘歲、穩健成熟的郎君了。

直到他露出了滿足的咧嘴一笑，剎那間幻象破滅。「倩娘」顫抖了一下，忙低下頭來，藏住那抹管不住的黯然神傷之色。

莫再胡想了，他們都是沒有回頭路的人……

忽地外頭響起了拍門聲！

「倩娘」猛然抬頭，面上脆弱之色瞬間消失無蹤，取而代之的是銳利的警戒。

反而是「王宙」害怕地瑟縮了，鬆開她衣角，雙手牢牢把小木狗抱得老緊。

「倩娘」見狀忙安撫道：「別怕別怕，不是來搶你的阿黃的，有阿姊在呢！」

「王宙」抬頭，單純的眼神滿是惶然。「眞、眞的嗎？」

「倩娘」想起自己受命進了那處隱密山坳村落裡，看到他的第一眼，也是這樣惶惶然的雙眼，鑲嵌在一張髒兮兮的臉上，雙手緊抱著隻脫毛癩痢的老狗，被一群小子踹打笑罵吐口水……

「傻子護狗子……」

「哈哈哈，來看這大傻子……」

「我說燉了狗肉給他一碗湯喝，他居然還不要？真是給臉不要臉，傻子就是傻子，有肉都不吃！」

「如果不是傻子，他娘怎麼會不要他呢？」

「就是活該被落下！打死他！打死他！」

明明是個高大的成年男人，卻像是個心智不足十歲的少年稚子般不敢反抗，只敢哆嗦地把老狗護在懷裡，自己蜷縮得跟球一樣，挨受著那雨點般落下的羞辱與拳打腳踢。

而那些鄉間本應純樸善良的孩子和少年，卻猶如一群成群結黨齜牙咧嘴的野狗般，興奮地爭相在他身上發洩著骨子裡暴虐惡劣的獸性。

「不要吃阿黃……不要吃我的阿黃……我只剩下阿黃了……」他被打得遍體鱗傷，痛得縮緊了身子，還是無論如何也不肯讓人乘機把老狗從懷裡搶走。

「倩娘」瞬間腦子轟地一聲，立刻命隨行而來的部曲把那群半大不小的少年們全數狠狠痛打了一頓！

「倩娘」看著他在終於逃出生天時，卻不是忙著檢視自己身上的傷，反而是焦灼急慌地撫摸著懷裡的老狗。

「阿黃……阿黃你還好嗎？」

老狗奄奄一息，可依然忠心耿耿滿是信任地眼望著主人，低低嗚叫著，努力再舔了舔主人的手，想再親暱地蹭蹭主人……

只是牠已經很老很老了，身上布滿癩痢，還有不知被誰用石頭還是鐵器刮砸出的傷痕，變硬的血塊摻雜在稀疏的狗毛間，漸漸奪去了牠最後的一絲生機。

老狗一動也不動地垂掛在他的臂彎間，主人腌臢粗糙又短了一大截的衣袖和懷抱，永遠是牠生命最溫暖的巢穴。

「倩娘」看著這一幕，不由鼻酸想落淚，還是極力忍住了，慢慢地走近了他，啞聲開口問：

「你是瑯琊王家的人嗎？」

——拍門聲又起。

「倩娘」回過神來，溫柔而堅定地摸了摸「王宙」的頭，對瑟瑟發抖的他道：

「阿姊……娘子……」

「別怕，我在呢！」

「你看好平兒和安兒，他們喝了安神湯，不會那麼快醒來的。」她輕聲叮囑：

「再一個時辰，馬車就會來接我們了，無論外面敲門的人是誰，我都會趕緊把人打發走的。」

「好。」「王宙」怯怯點頭，看著她單薄卻堅韌的背影走向房門，正要跨步離開，他忽然勇敢地重振精神站了起來，兩、三步上前抓住了她的手。

「倩娘」愣住，迷茫地回頭。「怎麼了？」

「我，我是大人了，我是男人。」「王宙」大手掌心因害怕和緊張直發涼，卻絲毫沒有打消挺身而出的念頭，他的聲音從囁嚅不確定，到逐漸低沉果敢。「阿……娘子，我是男人，我學他學得很像，妳放心。」

「倩娘」熱淚奪眶而出。「你不必……」

「我不是傻子。」「王宙」深深吸了一口氣，渾噩了近二十年的腦子，彷彿在這一刻恢復前所未有的清明。

即便只有片刻，哪怕只有片刻……

他可以的，就像這些日子來扮演著他曾經熟悉，後來陌生無比的那個人，阿姊教過他了，也教會他了。

就像他幼時曾經無數次幻想、佯裝過的那樣，他愛的家人還在他身旁，他們會對他說些什麼樣的話。

他也會偷偷攀在旁人家的門窗後，看著裡頭是如何父子和樂、兄友弟恭……即便是鄉下人家嗓門大，說話直，可有的阿娘會悄悄留一顆蛋在孩子的碗底，有的阿耶會多撈些碗中的粟米給娃娃，自己大口大口喝那稀薄的米湯。

還有的阿耶揍起淘氣的小子們，絲毫不手軟，卻會在小子們吱哇嗷嗷哭完後，在水邊摘一把最脆甜水靈的雞頭米塞他們懷裡……粗聲粗氣問「下次可還敢？」

「王宙」再回想起了這一年來經歷的一切，那扇朝他打開的，陌生恐懼卻嶄新新奇的「大門」——

原來這世上還有山村以外的天地？

原來這裡就是人人口中艷羨稱讚的長安。

原來，身邊有家人的滋味這般好……

他緊緊握住了「倩娘」的手，再次堅毅重複。「我是這個家裡的男人，我去開門，我能趕走他們的。」

「阿……」她喉頭哽住了。

「別怕，」他學著她的語氣，鎮定穩重地道：「有我在呢！」

「我們一起。」她也回握緊了他的大手。

「王亩」低頭對她歡喜憨實一笑。「一起。」

他們十指緊扣，猶如在大旱赤地千里裡最後小水窪中的兩尾魚，相濡以沫，只剩彼此。

門打開，外頭卻不是他們這些日子以來熟悉的街坊鄰居或是隔壁鄭錄事家的人，而是一個高大剽悍的男人和美艷冷漠的女人。

他們身穿胡服，煞氣凜冽，只不過那男人濃眉高鼻，看著就是出身異域。

「王亩」瞳孔微微一縮，可想到了身邊的「倩娘」，他還是淡定地道：「你們是誰？」

「我們是刑部的人，」玄機挑眉。「來請兩位到刑部問話。」

「倩娘」心中一跳，強笑道：「刑部？大人是不是找錯人了？我與夫郎都是再普通不過的良民百姓……」

「妳可是『張氏倩娘』？」

「倩娘」頓了頓。「奴是。」

「這位便是妳的夫郎『王宙』了？」玄機望向臉色有些發白，卻努力維持鎮定的「王宙」。

「大人有什麼話只管問奴就是，我夫郎近日受過頭傷，精神困頓萎靡，」「倩娘」冷靜道：「不管大人是爲什麼而來，我夫郎他什麼都不知道。」

「張娘子很害怕？」一旁的赤鳶忽然開口。

「倩娘」苦笑。「這平白無故的，刑部兩位大人突然找上門來，叫奴如何不怕？」

「倘若二位不曾做過什麼傷天害理、違法亂紀之舉，又有何可懼？」玄機看著浪蕩粗豪，黑色深藍的眸子卻透著一絲精光。

「倩娘」一滯。

「王宙」見不得她受委屈，有些惱怒地上前一步，將「倩娘」護在身後，大聲道：「你們到底想做甚？」

「不必急，」玄機笑笑，大手一擺。「刑部侍郎裴大人想見兩位一面，有些疑惑需得澄清，兩位帶上孩子，請吧！」

「王宙」不安地回頭看了「倩娘」一眼。

「倩娘」點了點頭。

「好，我們與你們走。」

✦

他們夫婦抱著猶熟睡的平兒安兒，忐忑地上了馬車，來到了裴氏別院。

「王宙」和「倩娘」從未看過這般占地遼闊，飛閣流丹、處處風雅的建築群。光只從側門下了馬車進入，就需得經過無數奇花異草、亭臺樓閣的幽靜環廊……「王宙」想穩住心神，可目光終究忍不住頻頻被吸引了，幾次都想拉拉「倩娘」的袖子，驚喜地同她分享自己看到的稀罕好看物什。

「夫郎，當心腳下，還有千萬抱好孩子。」「倩娘」沉聲提醒他。「別亂看。」

「王宙」心下一凜，宛若稚兒的天真眼神霎時又恢復警戒，忙抿緊了唇，慎重點頭。

「我、我知道了，我不看。」

玄機和赤鳶一前一後地和這對夫婦維持幾步的距離，儘管他們夫婦聲音壓得低，可又怎麼瞞得住耳目犀利的習武之人？

赤鳶注視著他們的一舉一動，腦中想起方才收到阿妹的吩咐，切莫讓王宙夫婦知道此行目的，且仔細觀察他們可有何異狀？

依她看來，這對年輕夫妻舉止親近不假，卻又總有一股說不出的違和勁兒……

玄機微微摩娑著下巴——王宙和張氏怎地相處起來，不像是伉儷情深，反倒像是娘帶兒子呢？

一盞茶辰光後，他們將王宙夫婦帶到了一處隱密的書齋前。

「請吧！」

「王宙」和「倩娘」抱著孩子的手臂緊了一緊，呼吸有些急促，還是硬著頭皮走了進去。

才一踏入裡間，「王宙」眼神急遽一冷！

他的目光甚至顧不得寬敞風雅書齋內的其他人，只直勾勾地盯著那個修長清瘦，看著重病未癒的熟悉男人。

——王宙?!

「倩娘」死命地抓緊了他的手，就在此時，忽地右臂懷裡一空，她和「王宙」各自抱著的平兒安兒，不知何時已經被領著他們前來的一男一女給搶抱在手中了！

「你們這是做什麼？」「倩娘」又驚又怒。「快把孩子還給我們！」

「放心，大人要與你們夫婦問話，生怕你們抱著孩子累，且先由我們二人幫忙抱會兒。稍後釐清案件，水落石出後，自會把孩子還給你們。」玄機露齒一笑。

佇立在裴行眞一旁的拾娘，看著經過這番動靜卻依然熟睡不醒的一雙娃娃，面色肅然了起來，疾道：

「小孩兒向來年幼覺輕，怎會這般顛簸猶自酣睡？速抱去請府醫看看！」

瘦骨嶙峋的王宙一聽心急如焚，慘白著臉色就要衝來探看孩子的景況。

「王宙夫婦」萬萬沒想到光只一個照面，平兒安兒的異狀就露餡了。

「王宙」面上驚慌，「倩娘」則是深吸了一口氣，沉著道：「不勞大人們費心了，平兒安兒是奴餵了安神湯，現在睡得正好呢！」

「妳爲何要餵他們安神湯？」王宙不敢置信，氣得渾身發抖。「他們還那麼小，萬一傷了身子怎生是好？」

「倩娘」一臉奇怪地看著他，隨即也惱火了，霍地指向他。

「好呀，又是你這個瘋子！前幾天跑到我家中要搶我的孩子，今日居然蒙混到了這裡，不知用什麼假話騙得刑部的大人來上這麼一齣，你到底是何居心？你跟我們夫婦究竟有什麼深仇大恨？非得鬧得我們雞犬不寧？」

王宙沒想到有大人們在，眼前這個假倩娘還敢咄咄逼人？可恨他素日儒雅溫軟，不慣與人謾罵爭吵，儘管又急又氣又憤慨難當，蒼白憔悴的臉龐漲紅了臉，腦子嗡嗡然，只擠得出一句──

「妳……妳胡說八道！」

「倩娘」哭了，委屈至極地靠在「王宙」臂彎，嗚咽道：「我們夫妻歷盡艱難，好不容易一家團圓，如今什麼也不求，官職也不要了，只盼能帶著孩子回衡州，盡心侍奉二老，以彌補過去五年害父母日日擔憂的不孝之舉……可你究竟是誰？為何要來冒充我夫郎，毀壞我們夫婦的名聲，還妄想奪走我們一雙愛子？」

「我、我才是真正的王宙！」王宙激動得喘咳連連，幾乎換不過氣來。「是你們二人不知用了什麼邪術，偽裝我的容貌，假裝是我妻倩娘，還欺騙了所有的人……」

「王宙」忍不住了，揮舞著拳頭，咬牙切齒道：「不許你再欺負我娘子，明明就是你……你一次又一次害我，你才是壞人！」

裴行眞和拾娘相視一眼，面色凝重。

他們辦案多時，善辨人之神色言語行止，自然察覺得出眼前的「王宙」語氣中流露出的一絲……稚氣？

如果按王宙夫婦對外的說法，王宙尋妻路上遭遇水匪，頭部四肢落水時遭礁石所傷，如今會有這樣不成熟的「談吐」，倒也說得通。

只是……

裴行眞沉吟，忽然揚聲道：「來人，請府醫。」

「喏！」

在等候府醫來前，「王宙」依然憤怒得像頭隨時會撲出去撕咬的傷獸，被「倩娘」緊緊抱攔住。

「大人，奴已承認，平兒安兒是被奴餵了安神湯，那是因為我們夫婦今日申時僱了車馬，要搬家回衡州，奴怕路上孩子們受暈車之苦，這才去濟世堂跟大夫買了幾帖安神藥，大夫說這藥小兒能服，不傷身的。」「倩娘」忍著淚解釋道：「我是孩子的親娘，若非萬無一失，我又如何敢給孩子喝湯劑？」

裴行眞神情和煦。「張娘子莫急，本官沒有意指妳謀害孩子，只是有些事情，還是讓府醫號脈一二，才能說得清。」

「倩娘」難掩失望之情地看著他，顫聲道：「說來說去，大人還是聽信了這個瘋子的話？奴不服！」

「張氏，不可對裴大人無禮！」原本默默站在書齋一角，神情依然驚疑不定的薛主簿嚇了一跳，忙呵叱道。

「是呀，弟妹……」鄭錄事脫口而出相勸，可在接觸到王宙傷懷的目光時，這才回過神來，摸摸鼻子縮了回去。

唉，他們都被搞迷糊了，怪只怪兩個王宙生得一模一樣，而消瘦憔悴的王宙又口口聲聲堅持自己是獨生子，並無孿生兄弟。

王宙的甲歷和手實上，也確實載明他目前是瑯琊王氏分枝王輾獨子，後遷居衡州衡陽縣，上頭清晰寫著：「……牒件通當戶新舊口並田段、畝數、四至，具狀如前，如後有人糾告、隱漏一口，求受違敕之罪，謹牒。」

雖說方才他們從閒談的幾樁公務和私下小事中，已經和王宙「相認」了，也親自檢查王宙後背那兩點幾乎並排的硃砂痣，但是如今兩個王宙站在一處……像，當眞是太像了！

「王宙」緊緊牽著「倩娘」冰冷汗溼的小手。「娘子，別怕，有我呢，他們都別想欺負妳。」

裴行眞溫和地問：「你說，你是『王宙』？」

「對。」「王宙」夷然不懼地直視他。「我才是王宙。」

「既然你是王宙，那麼你應當也深諳回紇語和回紇文了？」裴行眞對他一笑，示意道：「另一位王宙雖然手筋傷損，不能提筆，可回紇語卻頗爲流利，你可否說上一段，或是書寫幾句？」

「倩娘」呼吸一停。

「王宙」昂起了下巴。「這有何難？雖然我腦子也曾受傷，記不大清了，可寫上幾句自然無礙。」

「請。」裴行眞一擺手。

一旁書案上，早已有文房四寶和磨得濃黑透亮沁香的墨汁等著「王宙」。

只見「王宙」走向書案，用薛主簿和鄭錄事甚至王宙都熟悉的挽袖，提腕，握毫的手勢，緩緩在雪白絹紙上寫了幾行回紇文。

那字，溫潤嚴謹，和王宙昔日在鴻臚寺與客署裡卷宗內留下的一般無二。

「不可能……不可能……」王宙大受打擊，喃喃自語。

薛主簿和鄭錄事也心下咯登，望向王宙，眼中已有了懷疑之色。

「王宙」因爲耗用心神太過，額頭微微沁出汗來，面色也有些發白，他還是倔強地看向眾人。「需要下官……不，是草民再口述一段回紇語嗎？」

裴行眞略一沉思，開口流利地用回紇語問他，那日遭遇水匪後，頭部受撞擊，可有落下傷痕？傷痕又在何處？

「王宙」揉著逐漸抽疼的眉心，儘管臉色不好，還是用回紇語說了自己撞著了左後腦處，劃破的傷口雖已痊癒，如今還在髮間有猙獰蜿蜒浮起的一道。

裴行眞神情越發慎重，拾娘也蹙起了眉。

而府醫的到來和診治，說出了相同的結論後，一時間書齋內陷入了靜默……

「傷口看著痊癒多久了？」裴行眞問府醫。

「回大人，約莫一個月有餘。」別院府醫是太醫出身，醫術甚高，不可能會弄錯。

「倩娘」倏然噙淚諷刺一笑。「莫不是大人還覺著，我夫郎是故意在一月前弄傷自己，只爲做足了證據？可我們夫婦怎麼會知道今日刑部的大人將把我們夫妻提來審問？」

裴行眞並未被她激怒，只是從容自若地道：「本官辦案，不會錯失任何一絲可能的蛛絲馬跡，也不會冤枉任何一個無辜之人。張娘子有氣我能理解，可如若妳夫郎是王宙不假，妳該高興我們所追查的一切，都能證明他的身分。」

「倩娘」被他的話堵住了，面上依舊悻悻然。

府醫則是靜靜佇立一旁，悄悄觀察著「倩娘」的言行舉止，尤其是眉心和肩膀腰胯站姿……很快心中有數，抬眼對裴行眞微微一示意。

裴行眞眸光輕瞥，淡然自若、不動聲色地輕撫了撫腰間魚符。

果然……

拾娘開口道：「孿生子後背心有兩點並排而行的硃砂痣，聽說這是父傳子、子傳孫所有的獨特印記，另一位王宙我們已經驗看過了，但不知妳夫郎可願當場略略寬衣，以釋眾人疑心？」

「有何不可？」「倩娘」還未說話，「王宙」已經大剌剌地解開腰帶，往後褪下衣衫，露出了白皙的後背。

上頭赫然出現了兩點並立朱紅如血的硃砂痣！

剎那間，全場一靜。

裴行眞瞇起眼，還未開口，一個淒厲惶然的聲音已然高喊而起——

「……你是誰？你身上如何也有相同的硃砂痣？」

「王宙」慢慢地穿回了衣衫，看著眼前面色癲狂、搖搖欲墜的王宙，嘴角一點點上揚。

「我是王宙啊！」

王宙……阿宙……

王宙瞬間摀住了腦袋，只覺劇痛欲裂，有什麼不斷從記憶深處陰暗嚎叫抓爬而出。

他究竟忘了什麼？不、不，他記得他是王宙……他才是王宙……

第九章

衡州　衡陽縣

孫家馬車和奴僕部曲恭敬地在張府外等著。今日是他們夫人回娘家的日子，昨日郎君已經嚴令交代過，千萬要好好守著，並且時辰到了就該提醒夫人啓程回家。還是張縣令病了，前兩日命人捎信去到常寧縣給女婿，說想念倩娘這個女兒，望倩娘回來探看一眼。

孫載對此固然有些不願，但明面上卻也不好攔著，只在今晨倩娘臨行前緊緊摟著她的腰，嘴角含笑，眼神另有深意。

「妳是知道的，我什麼都能容妳縱妳，可妳切莫一回娘家就不記著回來。」

倩娘被他箍得細腰生疼，彷彿都能聽見骨頭縫傳來擠壓的喀喀聲。她忍住痛楚，柔順道：「我自然會回來的，不回這兒，我還有哪兒能去？」

「妳知道便好。」孫載滿足地笑了，低啞道：「記住，這世上人人皆讚妳嬌甜天真，溫婉賢良，可唯有我懂真正的妳……娘子，其實妳與我都是同樣的人，我倆本就是天造地設的一對，妳說是不是？」

她背脊竄過無法遏制的戰慄感，幾乎不敢呼吸。

「妳放心，妳要的我都會成全妳。」孫載貼靠在她耳邊，宛若甜言蜜語。

「……娘子，妳我夫妻都是愛憎分明的性子，況且……將人都拿捏在自己的指掌之間，這種滋味好極了，是不是？」

她勉強一笑，努力藏下眼底的恐懼，狀似嬌柔茫然地抬頭。「夫郎，我不懂。」

「有我這個郎君允可，孫家的部曲對妳這位主君娘子的話，自然無有不從。」

孫載輕輕重複，強調道：「我說過，『妳想要的，我都會成全妳』。」

倩娘大震。

「去吧。」孫載神祕一笑。

倩娘心神不寧地在女婢和僕婦攙扶下，登上馬車，一路面色晦暗不明……直到進了張府，被領進隱密的樓閣。

樓閣門口恭謹端立的老婦是張舅母的奶嬤嬤，上前相扶倩娘，十分自然地對她隨身的女婢使了個眼神。

女婢是倩娘的陪嫁，很快便乖乖退下，可僕婦卻是孫家的人，皮笑肉不笑地道：「我家大人叮囑過，要老奴寸步不離地服侍我家夫人的。」

奶嬤嬤笑道：「老姊姊說笑了，我家倩娘子回自己的娘家，想和阿耶阿娘親近親近，咱們做奴婢的自該退避一二，怎好打擾主人們說話？」

僕婦吊梢眉一揚，正要駁斥，卻被倩娘輕輕摁住了手。

「無事，我與阿耶阿娘說兩句便出來，夫郎也是心中有數的。」她柔聲道。

僕婦這才甘心依言退下。

倩娘被領了進去，奶嬤嬤很快關上了門，而後一動不動地守在門旁。

宣稱臥病在床的張舅父，此刻正嚴肅威儀地坐在榻上，見到她的瞬間，毫不客氣地低叱一聲：

「跪下！」

倩娘順從地在堅硬冰冷的青磚上跪了下來，一如從前做過的無數次。

張舅母嘆了口氣，有些責難地看了張舅父，低聲道：「孩子都大了，別張口閉口就這般嚴厲，有話好好說便是……先起來吧，別跪了，否則回去我們怎好向女婿交代？」

張舅父被妻子這麼一點，只得放緩了口氣。「妳母親寬容大量，屢次為妳說情，若不是看在她的份上，為父今日必不能那般輕易饒妳，聽見沒有？」

倩娘低著頭，嘴角勾起一抹諷刺至極的笑，眼神冷漠。「女兒知道了。」

「還不起來？」張舅父看這個女兒這副要死不活的樣子，就忍不住來氣。

「——妳是不是還記恨我與妳阿娘？」

「女兒不敢。」倩娘緩緩起身，垂首溫馴應道。

張舅父看著她雖然姿態恭順，可實則油鹽不進，火氣又冒了上來。「雖然嫁與孫載並非妳心中所願，可哪家兒女不是聽憑父母之命、媒妁之言？」

倩娘不發一語。

「……想那孫載在衡州這地界也是難得的青年俊才，並不算辱沒了妳，尤其你二人成婚這五年來，他待妳體貼入微，供妳錦衣玉食，這樣的好日子妳應該滿足才是。」張舅母也正色勸道。

倩娘目光盯著自己腰間壓裙的玉禁步，心底譏誚之意更深了。

是啊，養尊處優、呼奴喚婢……說出去何等威風的常寧縣縣令夫人，可有誰知道她時時刻刻得面對一個喜怒無常的瘋子？

好的時候巴不得將全天下最昂貴華美的物什捧到她面前，不好的時候，整夜凌辱她到全身沒有一點好皮肉……她整整熬了五年。

這就是他們口中所說的「好日子」。而自己還得感恩戴德，得承父母的這份「慈愛之心」。

眞是令人作嘔想吐。

「阿耶阿娘叫女兒回來，究竟有何要事？」她有一絲不耐煩地打斷了他們的話。

張舅母面上有些難堪，雍容的氣度險險端不住……可轉念一想，又是喟嘆。

「孩子，我知道妳怪我私心重，可是等妳將來有了自己的親生孩兒以後，便能明白我這阿娘的心情——」

「我不怪妳。」倩娘霍地抬頭，似笑非笑地直視張舅父。「我只怪我的阿耶，明明是骨肉至親，爲何偏偏下得去手？」

「逆女，妳這是什麼態度？」張舅父勃然大怒，差點把手中的茶盞砸了出去！

若非顧慮外頭仍有孫家的僕婦在，砸杯摔盞的動靜太大，他還眞想狠狠砸醒這個不肖女——

以她的身分能嫁進孫家門，已經是大大的抬舉她了！不思孝敬回報父母尊長便罷，這五年來更是對家中不聞不問，說她白眼狼還眞眞沒冤枉了她。

「我倒想問問，當日我已經做到了阿耶要我做的，阿耶如今還有何不滿？」她冷笑。「把女兒叫回娘家敲打責罵，難道是覺著日子過得太安生，想女兒索性捅破了這層遮羞布，要鬧得人盡皆知才甘心？」

「妳……妳……」張舅父氣得老臉漲紅如滴血，指著她的鼻頭。「孽女！孽女！」

「阿郎，冷靜冷靜，」張舅母慌得連忙過去拍撫他的胸口，幫他順氣。「莫氣壞了自己的身子……」

「阿耶眞是用人朝前，不用人朝後。」倩娘卻還不肯罷休，說話溫溫柔柔，卻字字如刀。「您如今忘了五年前，急得都要在女兒面前下跪的時候了？那時阿耶是怎麼說的？說心疼我這個女兒，所以要給我個好去處，怎麼今兒又迫不及待給下馬威？一進門就讓我跪下？」

「住口！」張舅母也怒氣上湧，低喝道：「即便妳現今也是七品縣令的夫人，可要是揹上了個忤逆不孝的罪名，認眞追究起來，怕是連孫載都保不了妳……父母兒女間有什麼不能好好說的，非要拚個魚死網破？」

張舅父胸膛劇烈起伏，好不容易才稍稍喘回了口氣，看著面色淡漠的倩娘，眼底不禁盡是失望之情。

「果然，養不熟就是養不熟……」他喃喃低語，厭憎之色一閃而逝。

「阿郎，」張舅母終究是做慣大婦的，儘管怒氣仍未消，卻已經迅速沉靜下來，輕聲道：「說正事要緊。」

張舅父一頓，揉揉眉心，點了點頭。

「我心中有數。」

倩娘面無表情地看著他們倆，又不知喬張做致在謀算什麼了？

「爲父今日找妳，是要告誡妳一事。」張舅父聲音更加低微。「——前些天，妳宙表哥回了衡州一趟。」

倩娘挑眉。「女兒聽著呢！」

張舅父深深吸氣，遏制惱意，有些小心謹慎問道：「妳當初說，女婿好似已有察覺，數月前還派人去了長安……妳說妳會盡力打消他的疑心，現在情況如何？去長安的人可回來了？沒有什麼發現吧？」

雖然張舅父知道，如果孫載已發現事情眞相，就不會還是如今這番太平無事的景況。只是這五年翁婿倆打交道下來，他也發覺這女婿原來心思深沉，並不是自己初始看的光風霽月。

若非如此，孫載又怎能以區區遠親之身，得孫刺史的另眼相看，甚至委以重任？

聽說，衡州轄下六縣，三萬多餘戶，近二十萬丁口，有半數以上的的稅籍帳冊，私下都讓孫刺史交與了孫載盤帳數算。

孫載挾孫刺史之威，一怒之下，只消消在衡陽縣上交的帳冊裡略動手腳，他這個衡陽縣令就是百口莫辯……

張舅父不由打了個寒顫。

張舅母眼角隱有淚光。「當時事態緊急，也幸虧妳嫁去孫家攏絡了些人手，能及時通風報信，把人給帶離，錯開了孫家的部曲，這一點上，母親永遠感激妳。」

倩娘望向張舅母，眼神幽幽。

張舅母心下一突，強做出慈祥寬厚的笑臉，溫言道：「阿娘知道妳記掛什麼，好孩子，妳放心，阿娘向來言出必行。」

「多謝阿娘。」她長長睫毛低垂，掩住了美麗卻森冷的眼神。

「妳還沒回答我方才的話！」張舅父急聲催促道。

倩娘淡淡地道：「阿耶，女兒說過，你們扣著我的命脈，我們都是同一串繩兒上的螞蚱，夫郎若是知道了，咱們誰都落不得好，所以這事女兒拚盡全力也會瞞下。」

「怕就怕妳宙表哥當日往長寧縣那麼一跑，雖說他還沒露面就給押了回馬車，但爲父心裡就是覺得不安……」張舅父頭疼，又不禁感慨道：「那個傻孩子情深義重，他沒弄個清楚明白，是不會死心的，唉。」

這五年來，儘管提起王宙時有氣又怨，可倩娘又何嘗聽不出阿耶語氣裡對他的親暱、期許和憐愛？

畢竟是他親妹妹的親兒子，他這個娘舅又怎會不將之疼惜入骨？

倩娘卻覺心中一片悲涼。

有的人，天生就能擁有滿滿的父母手足之愛，而有的人，則是自降生以來便蒙受無視、厭惡甚至拋棄。

眞荒謬，眞可笑啊！

「那些人日前早已盡數回到衡州孫府了。」她低眸，露出一抹遲疑。「我還偷聽到夫郎吩咐他們去向刺史覆命……」

「向刺史覆命？覆什麼命？」張舅父心驚膽戰，急急追問：「怎麼這事也鬧到刺史那兒去了不成？」

「阿郎莫急，想來不至於此。」張舅母也是一驚，隨即安撫道。

張舅父看著再度默不作聲的倩娘，登時氣不打一處來。「還不快把話說清楚？」

「我只略略聽了一耳朵。」倩娘面色不豫，有幾分勉強和心虛，吞吞吐吐道：「夫郎提及了帳本、京中的大人物……後來他們的交談聲越發小了，我貼著窗角根兒也聽不明白，又怕引起人注意，只得匆忙離開。」

張舅父愣住了。「這……」

張舅母出身世家大族，對於若干魑魅魍魎的陰私之事，自然比張舅父懂得些惦量計較，她立時就會意過來，既暗暗鬆了口氣，又忍不住有些著惱。

原來提心吊膽了這大半年，尤其是這三個多月來的寢食難安、焦灼牽掛……全都是一場烏龍糊塗帳？

張舅母盯著面前神色倉皇卻仍倔強傲立的倩娘，若非出自良好的教養和自制，恐怕她也忍不住要攫過手邊的杯盞，重重地甩砸在地上以洩滿腹憤懣！

倩娘察覺出了張舅母極力壓抑的隱隱怒氣，不自覺嘴角微揚，美麗的眸子挑起，帶著一絲蓄意的挑釁。

張舅父也轉過念來了，他猛地起身，不敢置信地指著她。「妳！」

「對，是我不小心戲耍了阿耶阿娘。」倩娘笑吟吟，慢條斯理地扶了扶鬢邊富貴精緻的簪花。「可女兒也不是故意的呀，起初我確實誤以為夫郎看出了什麼，便命人祕密前往長安打探內情。」

「妳、妳怎麼能——」

「因爲女兒作賊心虛，就和阿耶阿娘一樣，如何不有個風吹草動便草木皆兵？」

她嘆氣。

「妳知道自己搞錯以後，爲何不速速送信回來？」張舅父氣得臉紅脖子粗，若非文人脾性按捺，早就朝她掌摑而來了。「看著我與妳阿娘這般焦急，妳——」

「孫家不比張家，到處都是耳目，我如何敢三天兩頭就捎信回來？」她雪白清麗的臉龐浮起了一絲嘲弄。「折了我一人無妨，要是抽絲牽藤地拉出了阿耶阿娘和宙表哥他們……」

張舅父和張舅母一凜。

「那倒是，宙兒他們是無辜的。」

「孩子已經夠苦的了……」

倩娘心中冷笑——果不其然，但凡牽扯到自己最在乎的骨血，便不敢輕舉妄動，生怕一有個風吹落葉，砸傷了他們的心頭肉可怎麼好？

張舅父頃刻間整個人鬆快了大半，猶如扛在肩上的巨石被搬移開來，面色也好看了許多，只是在看向倩娘時，依然吝於給個笑臉。

「既如此，那妳便回去吧！」他清了清喉嚨。

張舅母忽地想起了什麼，輕輕地揪了張舅父袖子一記。「孫刺史和女婿那邊……」

「對，且慢！」張舅父忙喚住欲轉身離開的倩娘。「孫家……妳自己多留心，若真有什麼不對勁的，妳、妳便及早做打算。」

「孫家會有什麼不對？女兒又該做何打算？」她腳步一頓，目光炯炯地看著他。

明知不應該期望，但她內心深處還是不爭氣地隱隱生出一絲希冀……

張舅父看著這個本應熟悉，實則已然陌生的女兒。

這五年……改變了太多人與事，不，或許早在五年前……

他心頭破天荒湧現了一縷愧疚，張口欲言，可終究還是梗在了喉間。

愛一個人，待一個人好，都是需要練習的，日復一日年復一年。

但他要忙縣裡各種公務庶務，忙照顧百姓，忙和仕紳商賈打交道……每日案牘勞形外，能分與家中的精力時間和關愛，又只夠給最親近和最重要的人。

「……總之，妳好自為之。」張舅父自知這樣短短的一句話，顯得格外單薄而寡情。

即便孫刺史已成了上位者眼中待宰的肥羊……此事也只能心照不宣，只會掩藏在密信隱晦的字裡行間。若走漏了風聲，天高皇帝遠，只怕聖人的雷霆落下之前，孫刺史掌管的府兵就能一夜屠盡張府，一把大火，毀屍滅跡燒了個乾乾淨淨。

張舅父覺察到身旁妻子擔憂又惶惶忐忑的眼神，他深吸了口氣，堅定信念地告訴自己——他沒錯。

若捨一人能救百人，甚至千人……縱使被這個女兒怨恨一輩子，他也承受得起。

張舅父的話，滅去了倩娘眸底最後一寸光芒。

「女兒明白。」她一頷首，隨即頭也不回地離開。

也好……各自抉擇，生死無悔。

看著女兒離去的背影，張舅父不知怎地心頭掠過了股不祥之意，他想開口叫喚住她，可牢牢根植於父輩骨子裡的權威和尊嚴，還是阻住了後悔與示軟的衝動。

「也罷。」他自言自語。「若當眞有那麼一日，我這個做阿耶的再私下命人多看顧著些，也算全了這段父女情分了。」

張舅母不知他心中糾結，在知道白白擔心了這段時日後，不免又輕聲抱怨了兩句，而後面露喜色地對張舅父道：

「前次宙兒執拗硬氣，怎麼也不肯收下那些東西，愣是讓部曲們又原封不動帶回衡州，現在既知是虛驚一場，那我便多收拾些金銀細軟和珍貴藥材及好料子，讓人送去長安。」

張舅父想起只在畫上瞧見過的粉緻可愛小孫孫們，嚴肅的老臉瞬間笑開了花，興致勃勃道：「我日前讓人做了對小木馬，他們定會喜歡。」

他嫌木匠打磨上漆得不好，硌著了小孫孫們，還親自擺弄了大半個月，摩娑著再無半點扎手的毛刺了，方才安心。

✦

長安　裴氏別院

在「王宙」露出後背心那兩枚並排的硃砂痣時，王宙摀著陣陣抽痛的腦袋，冷汗溼透衣。

「王宙」環顧四周注視著自己的眾人，不禁咧嘴一笑。「現在，足可證明誰才是真、誰才是假了吧？」

只是裴行眞和拾娘卻不似薛主簿二人那般迷茫，他們交換了一個洞澈瞭然的眼神。

「倩娘」也鎮定道：「各位大人也看夠了戲吧？如果大人們已經滿意了，那奴和夫郎還要趕著帶孩子歸鄉，就不奉陪了。」

裴行眞望向「倩娘」。「妳說妳是『張倩娘』？是一雙孿生子的阿娘？」

「奴是張倩娘。」「倩娘」嘴角嘲諷地微微牽動。「大人證明不了我夫郎身分有假，如今又懷疑起奴不是眞正的『張倩娘』了？奴在常安坊生活這些年，如果我是冒充的，怎地鄰里都無人察覺？」

王宙強忍腦中那恍有重錘鑿打之痛，臉色發白，掙扎著喊道：「鄰里不曾察覺，那是因爲過去倩娘總是戴面紗和幃帽，即便妳眉眼神韻間與倩娘有些相像，能夠一時蒙混迷惑了外人，可我是倩娘的夫郎，她的一顰一笑，我又如何認不出？妳終究不是她！」

「你不是王宙，你連自己是誰都證明不了，」「倩娘」看著他，眼底似有同情似有怨恨，可更多的是疏離與冷漠。「像你這樣癲狂之人說的話，有誰會信？」

薛主簿和鄭錄事接觸到王宙祈求的目光，卻是默默移轉開了。

情感上也許有三分憐憫此人，可無論從理智，或是攤開來的證據上，都在在證實了方才那個回紇語和回紇文熟練流暢的，才是眞王宙無疑。

「——我會信。」

「——我也信他。」

裴行眞和拾娘同時開口。

府醫也輕咳了一聲。「……這位娘子，老夫雖不知他是不是眞王宙，可卻能斷定妳絕不是生下一雙孿生子的張倩娘。」

「倩娘」心中一跳，冷笑道：「您雖然是大夫，卻是裴大人的府醫，自然維護主家了。」

「不，」府醫在徵求裴行眞的頷首同意後，義正辭嚴地道：「老夫有證據。」

「證據何在？」「倩娘」昂然。

「妳便是最大的證據。」拾娘接口，冷豔面容不苟言笑，眸光犀利。「女子是否分娩過，從骨盆體型便能分辨得出……府醫適才說的，是這個意思對吧？」

「是。」府醫撫鬚一笑。「卓參軍熟悉人體骨骼四肢經脈，想必也已看出了箇中玄機。女子分娩時需得撐開骨盆，不啻傷筋動骨死過一回，方能令胎兒降生，況且生下孿生子所耗時辰只會更久，身形自與尋常未孕的小娘子不同。」

「倩娘」臉色一陣青一陣白，呼吸急促，連「王宙」憂心地握住了她的手，也絲毫不覺。

「不許你們欺負我娘子！」「王宙」著急了起來。

「夫郎！」「倩娘」摁住他，強自鎮靜，對拾娘和府醫道：「奴天生體格纖長，也還算年輕，況且平兒安兒如今也一歲多了，奴身形恢復得快，這又有什麼稀罕的？奴也曾見過鄰里好些分娩過的娘子，體型依然俏麗纖瘦如少女，所以大人們所謂的證據，奴不認也不服！」

拾娘一滯。

雖然她說的話未免有強詞奪理之嫌，可確實女子體質各異，她又活生生的是個人，不是具可供剖解的屍體，能在「庖丁解牛」之下，清楚地顯露出骨盆紋裂跡象，以爲佐證。

拾娘一時倒有些難住了。裴行眞見心愛女郎蹙眉爲難的模樣，心頭揪了一下，望向「倩娘」的眼神越發凜冽不善。

「眞的假不了，假的眞不了。」他意味深長地道：「『張娘子』既然確定自己是一雙孿生兒的親娘，那想來也不介意本官命人多尋些長安有名的穩婆來，爲妳證明清白了？」

「倩娘」額頭冷汗沁出，她嗓音尖銳地喊道：「奴不服！奴好端端的清白女子，如今只爲大人們的一個猜疑，便要陌生婦人來褪衣除袍……這般羞辱，是想逼死奴嗎？」

裴行眞和拾娘見過的刁鑽滾刀肉不少，雖也棘手，但還從未有過如同眼前娘子般，叫人驗查起來諸多顧忌。

倘若褪衣除袍，驗證過後，張倩娘身分有假，那還好說，可假若一番周折，卻證實了她的確曾經分娩過……

屆時，即便她不是張倩娘，也是藉由了他們之手，「親自」錘實了她的身分。

後來無論再找出更多的證據，刑部的公信抑早已蕩然無存！

「倩娘」看他們不發一語，神色凝重的模樣，緊繃的心神終於有一霎的鬆弛……她握緊了緊「王宙」冷汗濡溼的手，滿眼安撫。

「王宙」癟了癟嘴，有些委屈，又是心疼地低頭看著她。

府醫忽然開口：「不用盡數褪衣卻褲，只消這位娘子略露出肚皮來，讓穩婆一看，便知是否分娩過。」

事件峰迴路轉，裴行眞和拾娘眼神一亮。

府醫眨眨眼。「女子懷胎十月，撐開的不只骨盆，還有腹部上的皮肉，妊娠期間必會留下痕紋……咳，說句該打的，即便是門閥貴冑家的主母再有上好膏脂精心養護，至多也只能卻除七、八分，可說要完全消除到無痕，只怕連宮中的玉容膏也做不到。」

此話一出，只見「倩娘」臉色大變，「王宙」連忙扶住了她搖搖欲墜的身子。

「娘子！」

憔悴頹唐的王宙則是宛如攀住了救命浮木，衝過來抓住了「王宙」。

「你們到底是誰？你們把我的倩娘藏到哪裡去了？你們把她還給我……只要你們把倩娘還來，我什麼都不追究……」

「王宙」一震，猛然狠狠推了王宙，眼神倏然陰沉狂亂起來，暴吼一聲——

「滾！」

拾娘身形快如閃電，瞬息間上前，手輕輕托住了王宙的肩，而後一扯一帶，將他遠遠拉離「王宙」身邊，已保安全。

玄機懷裡的孩子突然一下變成了兩個，等他抬眼一看，便見赤鳶已經一左一右扣拿住了「王宙」和「倩娘」，不曾粗暴施力，只用巧勁便令他們二人跪伏在地。

「還不從實招來！」

✦

「假王宙夫婦」雖然落網成擒，口風卻依然很緊，無論裴行眞和拾娘如何分別盤問，他們二人始終什麼都不自首也不交代。

「王宙」蜷縮在稻草鋪就的角落裡，把自己縮成了團，逼問得極了，他只會重複說——

「不要傷害我娘子……他們才是壞人……是壞人……」

而「倩娘」面對詰問，只是冷漠疲倦地閉上眼，沉默抵死不從之意表露無遺。

是夜，雖坊門關閉，裴行眞因有緊急公務，便手持魚符和聖人賞賜的小金令，叫開了坊門，帶著拾娘一路暢行無阻地來到了戶部。

他倆今晚來到掌天下戶口的總部，請閱瑯琊王氏和衡州張氏分支，王宙、張倩娘二人的身家背景及其親友脈絡。

戶部郎官捧著相關籍冊，將他們請到了一處幽靜隱密的堂室，高燃燭火，再恭恭敬敬地奉上籍冊，讓裴、卓兩位大人親自查閱。

「大人，你也懷疑王宙實有攣生兄弟，且那位假王宙便是？」拾娘問。

「他們二人生得那般相像，簡直是一個模子倒印而出，身上又有相同的硃砂痣，活脫脫是長大後的平兒安兒。」他溫和道：「明眼人一看便知，只不過王宙卻堅持自己是獨生子，且甲歷手實，甚至衡州里正上錄載的團貌，都佐實著他的說詞……我想，定然有人在多年前便掩蓋了眞相。」

「孿生子素來難得，」拾娘不解。「又非生於皇家，有雙星降世，不祥之兆的顧慮，在民間，有哪家得了雙生子不歡喜的？」

「鄭錄事等人都提及過，王宙有頭疼的痼疾，我問過府醫，是否王宙的頭疾能致使他忘記一些本該記得的人或事？」他修長指尖輕敲了敲書案，沉吟道。「府醫說此症候並不罕見，頭部若遭受重擊有瘀血未散，或是曾經歷過重大心神受創者，便易有此患。」

拾娘點了點頭。「戰場上也有相同的案例，有親眼看見同袍被敵軍一刀削去了腦袋，驚恐之下忘了自己是誰，也忘了自己是身負武藝、有反擊之力的士兵……更有同村好友，一個死在沙場上，一個扛著他的殘肢屍身回營後，大病一場醒來，還四處追問其生死下落的。」

戰事便是這般殘酷駭人。

拾娘想起了李郭宗大將軍磨刀霍霍……聖人的布局……宛若堆疊了大批硫磺、硝石的北方……只待油一澆，火一點，便是烽煙千里，血流成河……

她閉上了眼，心底又是說不出的沉甸甸。

一個溫暖有力的大手覆蓋住了她的手，掌心緊緊攢握住，安安靜靜，卻默默給予了源源不絕的撫慰和力量。

她睜開眼，看進一雙熟悉的深邃溫潤眸光裡。

「我說過，我定會拚盡全力，阻止妳害怕的事情發生。」他低沉清朗的嗓音堅定地允諾。

拾娘鼻頭微酸，眼眶隱隱發熱，想說什麼，卻發現此刻其實什麼都不用說。

——她信他。

信他雖有手握權謀霸術的弄潮之力，可仍是心中堅守正道公義，分毫不退之士。如同她身後的阿耶，赤鳶阿姊和卓家軍。

她對他一笑。

他也笑了，大手揉揉她的頭。

拾娘重振精神，低頭從那堆密密麻麻的字句中，搜索任何可能的蛛絲馬跡。

「妳看，」裴行眞目光落在張縣令手實和家中團貌載錄上，心中一動。「張鎰有一妻二妾，張倩娘爲妻所出，兩妾各生一女佳娘和一女傃娘及庶子張德，庶長女佳娘容長臉，貌艷；而嫡女張倩娘和庶次女張傃娘均是面如鵝子、貌妍。」

里正對其戶籍所在丁口的形容描繪都須仔細，且三年編造戶籍一次，進行現狀的謄改。

「這裡也有五年前張倩娘出嫁與孫氏孫載的紀錄。」拾娘皺眉。「兩年前，張倩娘與孫載遷居至常寧縣，孫載上任常寧縣令……如果眞正的張倩娘和王宙私奔到長安，那出嫁孫家的『張倩娘』，也許就是張鎰兩名庶女中的其一了。」

不難想像，原先訂下的嫡女倩娘與表兄私奔不知去向，張鎰不知出自何種原因，沒有取消和孫家的婚事，兩家親事還是照常舉行，那麼必然是選擇了替嫁這個法子。

究竟是怕以庶充嫡落人話柄，經兩家商議，才讓庶女用張倩娘之名嫁出？抑或是張鎰從頭到尾都隱瞞孫家，他們娶進的兒媳壓根就不是他們原以爲的那個人？

想到方才看見衡陽縣縣令張鎰在每年一小考，四年一大考的「四善」和「二十一最」考課中，均有極高的評價，諸如「勤懇仁善」等……裴行眞心中眞是五味雜陳。

「……據四鄰和鄭錄事所說，張倩娘平日深居簡出，出門便是戴著幃帽，但觀體型和聲音，如今這位『張倩娘』確實也相彷彿，無甚差別。」拾娘想起眾人證詞。

「……且鄭錄事也作證，『張倩娘』此番和『王宙』回到長安，滿心欣喜地告知鄰里，說是已得父母諒解，所以倩娘從此不用再遮掩容貌，怕教人發現；他們夫婦同時還四下送了好些衡州的魚鮓做禮，鄰里們自然是人人都替他們高興。」

「王宙也提到此女眉眼與倩娘有幾分神似，輪廓也都是鵝子臉，那應當可確認，這名冒充的『張倩娘』，當是庶次女倩娘；而嫁與常寧縣令的那位，應該就是庶長女張佳娘無疑了。」裴行眞眉頭也一蹙。「——這張家究竟在玩什麼把戲？如此偷樑換柱，目的爲何？」

「還有，眞正的張倩娘到哪裡去了？是不是有性命之危？」拾娘霍然起身，手按佩刀。「張傣娘和假王宙肯定知道她的去向，我再去審問！」

「慢！」裴行眞阻住，沉吟道：「即便知道了張傣娘的身分，此刻前去大牢偵問攻防，只怕她心性堅韌，若眞要問，一時也問不出個所以然來。我們還是先弄清其背後脈絡，再做部署。」

「大人說得有理。」拾娘坐了下來，耐下性子又看起手實籍冊來……很快地指出了一處。「——大人你看，王宙確實有個兄弟，只是幼時早夭了。」

「哦？」裴行眞神情一振，探頭過去。

從泛黃的籍冊中可知，王宙生母張氏當年確實曾誕下一雙孿生子，只是其中幼子王寰在七歲時因病夭折，張氏先後歷經喪夫喪子，便心灰意冷遷入鄉間山坳。

直到王宙十歲那年，母子又投奔衡州張鎰，戶籍方又重新錄記入張府名下。

拾娘翻來覆去看同一頁，隱隱煩躁。「可這上頭並無張氏母子在鄉間山坳的詳實團貌，甚至那個村子叫什麼名字？戶部也無相關記錄。」

裴行接過卷來，解釋道：「大唐疆域遼闊，儘管編戶齊民制度嚴謹，可架不住深山老林山坳多，有些獵戶往山裡一鑽就是幾十年不出，生兒育女也不好數算管轄，黑戶也是有的；況且戶部總部收錄貞觀十道轄下州縣城坊鎮村的名冊，有些更小的村落籍冊只會在當地縣衙裡，不會往上呈報長安。」

「那倒是。」拾娘冷豔面容越發凝重起來。「大人，我知大人已讓鷹隼送信，命刑部暗線調查，可如今看來，我們恐怕還是須得親自走上這一遭，前往衡州查個清楚。」

「拾娘與我心有靈犀。」他清眸笑意閃閃，收攏錄冊。「帶上涉案諸人，我們明日便走！」

第十章

衡州　常寧縣

倩娘乖順地坐著，被孫載描著眉。

男人專注而深情的眼神，著實極有欺騙性，任誰看了都會覺得這是一對鶼鰈情深的神仙眷侶。

「……妳會跟我走嗎？」他忽然問。

倩娘一僵。「夫郎，妾不明白你的意思，夫郎要去哪兒？」

「我的意思是，也許有朝一日我們得離開這兒，或者流落江湖，或是大隱隱於市，隱姓埋名……妳可願意？」孫載凝視著她。

倩娘心下一突，做出迷惑狀。「夫郎，出了什麼事嗎？」

「人總要給自己留後路。」孫載心不在焉地用指尖替她拭去眉梢的黛色。「我說的是『也許』。」

倩娘沉默了。

他大手倏然緊捏住她的下巴，逼她迎視自己。「倩娘，妳還沒回答我，妳願意嗎？」

倩娘身子一顫，乾巴巴地笑道：「妾身說過，不留在夫郎身邊，妾還有何處可去呢？」

他眼底閃過了一絲寬慰和滿意之色。「沒錯，妳只需記著，有我孫載護著妳，即便妳不能成爲人上人，可也不至於如同過往那般，泯滅於人後，不受人在意。」

倩娘目光低垂，神色複雜且心頭苦澀。

這樣的話雖然好聽，可五年來，他孫載又何時願意爲她正名過？

他無論是在外交際或是床笫之間，口口聲聲喚的依然是「倩娘」，而不是她原來的名字。就好像她本就不配擁有自己的名，如同庶女在嫡女面前，本就一賤一貴，中有天塹。

這些年來，她從惶然瑟縮的敬畏、癡心妄想的期盼……到認清現實的心寒冷漠，無不看清了這些人的嘴臉。

他們總認爲庶子女既上不了檯面，又如同貴人們腳下的塵泥，可任其擺布踐踏。有如庶子女不需有情感，也不會感到疼，只需要聽命於上位者的安排，覺著礙眼時便遠遠地驅離，能派上用場時便扔出去飼狼餵虎……

她身上斑斑點點的傷疤瘀青和咬痕，就是他宣稱的「護著她」、「在意她」嗎？

就如同阿耶在將她從山上接下來時，高高在上，施捨地對她說——

給妳一個好去處。

倩娘驀然笑了，笑得格格出聲，笑得淚花迸流。

孫載臉色微微變了，有些不悅地看著她。「妳笑什麼？有何可笑？」

倩娘慢條斯理地拭去了眼角淚意，美麗臉龐透著一抹厭倦。「夫郎喜歡怎麼說便怎麼說，妾自來只有聽著的份兒，夫郎高興，妾便高興……」

他腮肉抽搐了一下，目光陰沉了下來。「妳這是什麼意思？」

「夫郎要我，我便與夫郎生死相隨，夫郎若棄我，我也甘願領受。」她微笑了起來，眼底卻沒有半點笑意。「我本就是夫郎養的一條狗，要我東便東，要我西便西，我都這般聽話了……夫郎還有甚不滿意的？」

孫載沒想過五年來溫馴如兔、任他搓揉的倩娘，居然敢用這樣嘲諷輕蔑地口吻對自己說話？

她的眼神，還有她後面說的那段話，一瞬間彷彿和孫刺史睥睨蔑視的目光重合了……深深戳痛了孫載！

他腦子一轟，忘形地揚手狠狠地甩了她一巴掌。

「住口！」

倩娘被打得偏過頭去，火辣辣的劇痛在頰邊炸起，口齒間已然嚐到了鹹腥的血味，可她卻沒有絲毫的恐懼。

「這五年來若非我為妳隱瞞遮掩身分，不，早在花轎過府的那一日，若是我當晚卻扇之時，看清了妳的容貌，就當場鬧將起來，把妳退回張府，妳還能享這孫家主母、縣令夫人的富貴逍遙嗎？」

倩娘看著面前神情狂怒猙獰的男人，面無表情。「那夫郎為何不當場鬧將起來？為何不把妾退回張府？」

孫載一滯。

倩娘只覺可笑——還不是當時他雖然仗著孫刺史的勢，實際上尚未成為孫刺史真正的心腹，他還需要張鎰這個丈人做為政治上的踏板與樞紐？

只是他自認憋屈地吞下了這個李代桃僵的事實，卻不敢把這鬱氣和怒火朝張鎰和孫刺史發去，便轉頭折騰她這個掌管不了自己命運的女子。

對外又要做出敬愛妻室的假象，讓她可呼奴喚婢、穿金戴玉，可只要哪裡受了氣，回到房中關起門來，就是將她往死裡折磨。

林林總總，諸般凌辱，讓她在床榻間簡直比長安平康坊三曲裡，最下曲的「卑屑妓」還不如。

這五年來，她沒有一日不想著結束自己性命的，可是她姨娘還在張鎰妻子的手上……

她痛楚地閉上了眼。

孫載大口大口呼吸，努力壓抑下滿胸的憤怒和受傷感，咬牙切齒道：「我原以爲……即便當初我們夫妻間沒有個好開頭，可我後來不還是接納了妳？我知道妳在張家並不受寵，處處委屈，我讓妳在張家揚眉吐氣，連妳私下調度了部曲去長安擄人，我也——」

「夫郎，」她打斷了他的話。「那不也是你想見到的嗎？」

他愣住。

「張倩娘五年前寧願和窮表哥王宙私奔，也不願嫁你這個前程遠大的孫主簿，你早記恨在心，只不過礙於我阿耶，也不願驚動孫刺史，節外生枝徒增麻煩。」她淡淡道：「但是將張倩娘綁回衡州，藉以制衡張鎰，再讓王寰和傃娘去取而代之，斷王宙官途生路，令其妻離子散……哪件背後沒有夫郎的相助？」

孫載冷笑。「最毒婦人心，一開始本就是妳出的主意……」

「夫郎你說過的，我們都是一樣的人。」她微笑。「不過你放心，如果當眞有事發的那一日，我自會將一切攬在自己身上，不會連累夫郎的。」

「……以前，這樣的話我信，可是現在，」孫載目光越來越冷。「我如何能信妳？」

「若張鎰夫婦知道，心愛的女兒一家都叫我攬了個家破離散，他們生吃了我的心都有，夫郎，妾身也怕死呢！」她似笑非笑。「況且我姨娘猶是他們的人質，妾敢如何？又能如何？」

孫載諱莫如深地看著她，半晌後道：「妳最好牢牢記住，誰才是眞正能給妳生路之人。」

倩娘僵住了……

「是，妾這五年來，早已認清現實。」她澀然一笑。

見她適才突如其來爆發的倔強和反抗，此時又被重新打折了脊骨地頹唐萎靡了下來，孫載胸臆間再度充迎著滿滿勝券在握的愉悅感，他轉怒為笑，又復憐愛地撫摸著她的臉頰，輕聲囈語如蠱惑——

「別再惹夫郎生氣了，嗯？往後只要妳我夫婦齊心，便再也沒有人能愚弄左右我們……豈不大善？」

她遏制著被他撫觸時，背脊間不斷竄升起的戰慄和憎惡反感，再度對他展露出了一個柔順嫵媚的討好笑容。

「妾會懂事的。」

✦

刑部辦案，雷厲風行。

裴行眞和拾娘一行人帶上眞假王宙和張倩娘，漏夜趕路前往衡州。

而一雙年幼孿生子，便暫時留在裴氏別院由慶伯及奴僕代為照顧。

此番出行帶上的是萬中挑一的千里馬，先是快馬加鞭日夜兼程，後再乘官船走水路，原來一個月的路途竟濃縮在短短十日便到。

裴行眞等人本就風塵僕僕奔波了，倒是分別坐在兩部馬車內的文弱書生王宙和假王宙與張倩娘，三人面色憔悴蒼白，備受顚簸之苦。

可越靠近衡州，假王宙神情日漸焦灼、心神不寧，張倩娘此人卻心防依然堅韌如故，雖然仍舊不發一言，但眉眼間卻屢屢浮現詭異的惱怒和亢奮之色。

裴行眞並非沒有旁的法子撬開她的口，例如讓她坐在背後無靠，卻有椎刺等物直指她後心的胡椅上，進行一連串長時間的逼問，抑或是拿她最在乎的假王宙入手……

但他不願如此，也不屑如此。

況且威逼恫嚇出來的眞相，又能有幾分眞實？

倒不如順水推舟、趁勢而爲。

於是，他這些天時不時藉機在張倩娘耳力可及之處，假意談論起衡陽縣的種種，以及張縣令於縣治裡的諸多愛民利民的「豐功偉業」。

起初，張傣娘不爲所動。

可是日復一日，儘管張傣娘極力遮掩，他卻依然能觀察出她眉毛下揚且併攏，眼神含怒，嘴唇緊抿，並嘴角一側微微揚起，意含輕蔑。

從撩起的車窗也可瞥見，張傣娘在不經意間，只要馬車車輪稍稍輾過石礫一顛動，她故做鬆懈不在乎的身子，便會猶如驚弓之鳥般，肩背倏然綳緊，呈現一刹的戒備狀態。

有情緒就對了，人一旦有了情緒，就有了可擊潰的弱點。

「大人，有件事我始終想不明白。」拾娘開口。

裴行眞和拾娘並轡而行，緩緩落在馬車後，他正細心幫拾娘把被風吹亂了的髮絲捋回耳後，聞言凝眸。

「嗯？」

「假王宙夫婦以假亂眞，雖瞞得了一時，也瞞不了一世，況且若說是爲了王宙在鴻臚寺的職務，想動手腳，比如竊取使節交涉機密之類……可這假王宙卻是早早就辭了官，準備與『妻兒』歸鄉。」她眉心微皺。「如果不是眞王宙被救起，我倆插手此事，他們恐怕早已離開長安了。」

「是，且這計謀看似天衣無縫，實則漏洞不少。」裴行眞深思。「通常案件發生原因往往脫離不了爲情、爲財、爲仇。眞假王宙和眞假倩娘，當中定有仇怨，可如果當眞恨到極點，爲何不乾脆一刀了結了對方？」

見慣了心狠手辣、快意恩仇的，只是眼前這樁案子卻到處都是畫蛇添足之態。若說無情，又像是留有餘地，可若說有情，這般搬弄布置，卻又生生將王宙逼到了絕境。

「但凡犯案之人，幕後都有其目的。」拾娘搖了搖頭。「可我確實有些看不明白了。」

「也許待抵達衡州，一干相關人等及證據痕跡都彙集一處後，」裴行眞望向車廂中拘著的張傃娘等人，目光有些意味深長。「……會有意外收穫也說不定。」

張傃娘的形容神態，他太熟悉了……

辦案多年來，舉凡嫌犯察覺自己被逼入牆角，再無脫逃可能，或者抵死不認，或者索性破罐子破摔，一吐爲快。

還有些人，是沾沾自喜於自己對受害者的諸多施爲，當兩方對證時，便迫不及待將案件頭尾重複描述，以達到對受害者心神上的雙重傷害。

說不好張傃娘是其中的哪一種，可從她逐漸亢奮、隱含瘋狂的神色看來……他的攻心之計，還是奏效了。

就在裴行眞一行人抵達衡陽縣地界時，鷹隼也送來了刑部暗線查出的線索。

果然確如王宙所述，他自十歲起和母親投奔舅父，讀的那間私塾、拜的哪位夫子，幾歲爲母服喪，乃至於張縣令夫婦家中細況……均和他的證詞相符。

暗線還查出，當年孫、張兩家親事由孫刺史親自主持，張倩娘嫁入孫家後，五年來回娘家的次數屈指可數……而最近的兩次，分別是一年前，還有十日前。

裴行眞眼神幽深，很快又書一封手令，捲入管中，命鷹隼「凌霄」速速送往常寧縣刑部暗線處，先行守在孫府外盯梢看管，並且命玄符和玄機快馬趕往常寧縣。

「大人？」

「走吧，」裴行眞柔聲對拾娘道：「我們先去衡陽縣，找張縣令敘上一敘。」

「是。」

◆

衡陽縣　張府

張鎰匆匆忙忙被妻子命人找回來時，他神情倉皇忐忑，快步而入，急得差點在過門檻時絆了一跤！

只因部曲說，刑部裴大人和卓參軍領著表少爺等人，正等著和郎主對供。

——要對什麼供？又怎會驚動了長安刑部的裴大人？到底出了什麼事？

「下官衡陽縣縣令張鎰，拜見裴大人和卓參軍！」他一踏入廳堂，忙鞠躬大大行了叉手禮。

「張縣令請起。」裴行真溫和道：「本官此番前來，是想和張縣令夫婦印證一樁公案。」

「大人請說。」張鎰繃緊了心神，惴惴不安。

張舅母也是面色不大好看，尤其目光落在張傣娘身上時，更是飽含驚疑、厭色和不解。

「你可認得出，這位娘子是誰？」

張鎰看向面無表情的張傣娘，又是一驚，隨即惱怒道：「妳是……傣娘？妳不是和妳姨娘在山上修行，怎會在此？是不是闖了什麼禍，怎麼連刑部的裴大人都給牽連上了？」

張傣娘挺直著背脊，淡淡道：「難爲阿耶還認得出我。」

「我自己的女兒，又怎會認不出——」張鎰想罵人，卻礙於裴行真等人在此，只得強按捺下煩躁之情。「到底出什麼事了？」

張舅母掌心沁著冷汗，暗悄悄地拉了張鎰一把。「夫郎，你瞧宙兒……」

張鎰順著妻子的話望去，霎時一呆。

只見有兩個王宙佇立在角落，一個眼含熱淚，面帶孺慕，另一個則是陌生疏離又難掩一絲好奇地看向他。

「這、這究竟是怎麼回事？」他張口結舌。

瘦骨嶙峋的王宙哽咽出聲。「岳……舅父，是我，我是宙兒。」

張鎰愣愣地看著他，忍不住心疼地顫聲道：「宙兒，你怎麼瘦成這個模樣？到底發生了什麼事？倩娘呢？孩子們呢？」

王宙怯怯徵詢地看了裴行眞一眼，得到頷首示意後，便沙啞著嗓音把前因後果說了一回。

張鎰簡直不敢相信這離奇如話本兒的一切，他胸膛起伏得厲害，忍不住質問假王宙道：

「荒謬！你又是誰？怎敢和這個逆女沆瀣一氣，冒充我外甥……不，是女婿和女兒，你們到底想幹什麼？簡直是違法亂紀，罪不可赦！」

假王宙瑟縮了一下，張倩娘護在他面前，昂聲道：「你們沒有資格質問他！我既然落到了你們手裡，要殺要剮，聽憑處置便是！」

「……對！」假王宙鼓起勇氣，也齜牙咧嘴，隨即慌了，緊緊握住張倩娘的手。「不對，一起活，一起死。」

張倩娘眼眶微紅，還是強自鎮定。「這局是我設的，和他無關。他不過是個心智不足七歲的孩子，是被我哄騙而來入局的，你們放他走，發誓永遠不追究、不爲難他，我便投案。」

裴行眞嘆了口氣。「張倩娘人呢？」

張倩娘冷冷地迎視他的目光。「死了。在將她騙出長安城的那一天，我就讓人把她亂刀砍死，棄屍荒野。」

拾娘心頭一緊。

裴行眞則是從頭到尾都盯著張倩娘的神態眉眼。

此話一出，張鎰夫婦驚駭失色，王宙更是眼前一黑，腳下一個踉蹌，好不容易死命撐住了身子，面容慘白悲憤狂怒起來。

「不可能！妳在胡說！我娘子不可能會死！」

「孽女！」張鎰衝上前就要掌摑張倩娘，張舅母嚎哭著撲上來要廝打……

拾娘倏然上前穩穩抓住了他們，沉聲疾喝：

「大人在此，必會查清事實眞僞，二位暫且冷靜！」

張鎰不敢反抗，也無力反抗，他只得鬆開了手，扶抱住了崩潰哭泣的妻子，老淚縱橫，嘴唇哆嗦。

張倩娘看著他們三人痛苦萬分的模樣，情緒越發高漲，笑得好不得意，眼底卻是淚光閃動。

對，哭吧，喊吧，越痛苦越好，最好是心如刀割，猶如置身煉獄……

也該輪到你們了……

裴行眞在這一團鬧哄哄中，聲音清朗越眾而出——

「妳說張倩娘死了？」

張傣娘下巴微抬。「是。」

「死於亂刀砍死，棄屍荒野？」

「沒錯。」

「行凶的是誰？」

「我僱用的一批人。」張傣娘振振有詞陳述道：「我給了他們銀錢，讓其中一名婦人拿著我的荷囊做信物，尋到了王家去，藉口我也因故到了長安，想與她姊妹相見，且就在轉角去等她。她信了，等她跨出了門外，便有人一棍打暈了她……」

「妳好狠的心！」

「倩娘惦念著姊妹情，妳怎可如此害她？」

張鎰夫婦和王宙同時驚怒痛喊，卻被拾娘阻住了。

「讓她說完。」

「我讓他們把倩娘放進馬車，在她衣角潑濺些酒，弄得車廂內酒香蒸騰，製造出其醉酒的假象，所以不能醒來接受盤查，婦人和馬車夫手持衡州過所，自然就輕輕鬆鬆將人順利運出了城。」張傣娘面對彷若要撕了自己的幾人，絲毫不懼，反而嘴角露出一抹詭異的笑。

「等一出了城外，他們便遵我的囑咐，將人拖進林中亂刀砍了，不到半日，屍體便已讓野獸嚼吃了乾淨！」張傣娘還不忘補刀了一句。「——呵，誰讓她那麼傻呢？自小在蜜罐子裡養大的人，輕易信人，蠢死了也活該！」

裴行眞和拾娘都聽出了她語氣中滿滿的不屑，還有一縷藏不住的羨慕……似是傷感，又似悲涼。

「不許妳罵我的倩娘！」張舅母噙淚痛斥，眼底淨是血絲，彷彿恨不能咬下她一塊肉。「我的倩娘自小乖巧懂事，對你們這幾個庶出兄姊也是頗爲親近，她從不曾害過你們，妳爲何這般狠心——」

「那就要問問我的好嫡母和我的好阿耶了。」張傣娘笑了。「我們是庶出子女，天生卑賤，我們認，可你們夫婦既然見不得小妾和所出的子女礙你們的眼，當初為何不索性幾帖毒藥藥死了我們了事？」

張舅母臉色發白。

張鎰怒火中燒。「這和妳嫡母一點干係都沒有，是我在求娶她之時，親口向她允諾，不會讓小妾和庶出子女威脅她主母的地位，也是我在她身懷有孕之後，便將你們全部送往山上清修，一年只讓你們回府祭祖一回……我乃張家家主，我如何作不了這個主？」

裴行眞清眉不悅地皺起，正待說話，拾娘已經聽不下去了，冷聲衝口而出——

「張大人閉嘴吧你！」

張鎰噎住，不敢置信地睜大眼。「卓、卓參軍？」

儘管張傃娘是嫌犯，張鎰等人是受害者，可拾娘就是聽不慣他方才的狗屁理論。

「若不想如世俗男子三妻四妾，想博個深情美名，那就在成親前管好自己胯下二兩肉！」拾娘毫不客氣地道：「又要睡小妾，又要自詡癡情種，天下的好事都讓你包全了……張縣令你多大的臉？」

張鎰被劈頭蓋臉這一罵，整個人都傻住了，想發火又不敢，憋得面紅耳赤，渾身發顫。

裴行眞輕咳了一聲，強忍住了笑。

赤鳶則是抱臂。「嗤！看著臉確實不小。」

張倩娘愣住了，她呆呆地望向拾娘，眼底不自禁掠過一抹感激，只是稍縱即逝，又剩桀驁不馴的決絕之色。

假王宙默默蹭到張倩娘身邊，自以爲小小聲地咕噥道：「……她是好人。」

張倩娘心一酸。

明明與自己對立的刑部大人都能秉公說話，可張鎰身爲親父，卻動不動喊打喊殺，彷彿他們庶出子女便是螻蟻蚊蠅那般可厭的存在。

王宙則是看了看舅父舅母，又看了看假王宙與張倩娘，心頭滋味複雜萬千，也不知該說什麼才好。

「然後呢？」裴行眞溫和提醒。

張傣娘回過神來。「然後？」

「我並不信張倩娘已死，至少，不是因妳命令而死。」

張傣娘瞬間又高高豎起戒備。「大人憑什麼這樣認爲？人本來就是我下令殺的——」

「長安九城內南衙十六衛巡視戍衛長安城，九城門外各有左右屯營，方圓十里內不存密林。」他有條不紊地道：「所以我很好奇，妳的人是怎麼瞞過營兵，又是去哪裡找密林殺人棄屍？又哪來的野獸把屍骨嚼吃乾淨？」

張傣娘臉上血色褪得乾乾淨淨……

「撒謊最忌，描繪越多越易出錯。」他淡淡道。

就在此時，一個清冷的女聲自門外響起——

「不愧是刑部左侍郎，裴行眞裴大人，果然火眼金睛。」

眾人聞聲望去，只見一個美麗少婦款款而來。明明是被玄機、玄符二人押送，卻彷彿是多了兩個護衛般從容自在。

✦

「阿姊？」

張傃娘一見來人，不由臉色陡變。「妳怎麼來了？快回去，這裡與妳無關——」

「別怕，」張佳娘大氣溫柔地對她安撫一笑。「妳與阿寰做的已經夠了，剩下的，阿姊來。」

假王宙……王寰在看到張佳娘的同時，露出了靦腆神情，低聲喚了句：「阿姊。」

「阿寰乖。」張佳娘笑笑。

王宙迷惑地望著這一幕，腦海深處又隱生刺痛感，他攢緊眉心，有些無法喘息。「阿……阿寰？」

阿寰……快來……

等等我……

王宙捣著突突脹疼的腦袋，嘶地痛呼了一聲。

「可想起來了？」張佳娘淡然地道：「不過想不起來也無妨，你忘卻前塵、辜負恩義的事多了，也不差這一樁……宙表弟與阿耶行事手段相仿，眞不愧是同出一脈的親舅甥。」

張鎰看見這庶長女一到，心下陡地一沉，怒目切齒道：「又是妳在興風作浪，無事生非！爲父已經與妳分析厲害，只盼妳能曉事些，妳依然執迷不悟……妳縱使不爲張家門風著想，難道就不怕鬧得眾叛親離，日後在孫家也難有立足之地。」

「阿耶不愧是縣尊大人，口口聲聲禮義廉恥之詞，」張佳娘夷然不懼，淺淺譏笑。「可當初你的掌上明珠倩娘與表兄私奔，怎地不見你喊打喊殺？」

「妳——」張鎰羞愧驚悸地瞥了裴行眞和卓拾娘一眼，只覺雙頰熱辣辣得很。

「妳在胡說些什麼？」

「阿耶放心，」張佳娘慢條斯理道：「素聞刑部侍郎裴大人，善斷懸案，明察秋毫……又有什麼醜事沒見過？」

張鎰只想打死這個逆女，又想當場掘了個地洞一頭鑽進去……他多年為縣為民，兢兢業業，好不容易建立起來的賢良卓絕官聲，卻在一夕間被這群孽畜敗壞殆盡！而且還是當著長安來的裴大人和卓參軍面前……

便是連一星半點遮掩、挽回的機會也無！

張鎰羞怒到極點，又覺萬念俱灰，渾身發抖。「妳——妳住口！」

「倩娘和宙兒的事，妳阿耶與我只是對外隱瞞，」張舅母忽然高聲道：「他們倆結為夫妻、去往長安謀生，是經過我們夫婦二人應允的，本就沒有『私奔』一事。佳娘妳如今信口雌黃，謊言張嘴就來，難道以為裴大人會輕信與妳嗎？」

「母親好口才。」張佳娘目光凌厲望向她。「張家馳名一方的賢德婦，人人誇讚德容兼備，可妳苛扣妾侍庶出子女的用度，暗示山上的庵堂主持折辱我們……冬日洗衣，夏日劈柴，說是讓我們清修靜心，卻把我們當僕婦奴婢驅使。」

張鎰聞言大震，難以置信地回望妻子。

張舅母還是穩得住，紅著眼眶，難掩失望地對張佳娘道：「我也曾說過庵堂清苦，要將你們接回家中，有我與妳阿耶一口吃的，必也不會餓著你們。可是妳堅持不肯，鎮日疑心我這個嫡母要加害你們……」

張鎰面色鐵青，既失望又難堪……失望於賢妻居然好似沒有他這些年來以為的那般寬容無私，又難堪於這般的「家醜」居然被當場揭破！

張佳娘冷笑。

「無須巧舌狡辯，」裴行眞朗聲，持平公允道：「妳二人各執一詞，可有證據為佐？」

張舅母一默，強笑道：「大人，即便妾身對妾侍庶出子女看顧不力，可也沒犯了哪條唐律。但今日他們幾人擄走我家倩娘，致使她下落不明，還冒充官身，頂替我女婿王宙的官職，險些逼他去死……這條條總總的罪名，可由不得他們抵賴。」

張佳娘搶話道：「這些事皆由我指使，我自當認罪，可『唐律』戶婚中有載：為婚之法，必有行媒，男女、嫡庶、長幼，當時理有契約，諸為婚而女家妄冒者，徒一年。」

張鎰夫婦大驚失色，想阻止卻已不及——

「阿耶五年前逼我張佳娘冒名嫁與孫府孫載為妻，三書六禮，生辰八字，寫的無不是張氏倩娘，孫張兩府，皆有證據。」張佳娘目光銳利，殺氣畢露。「身為地方縣令，知法犯法，何止罪加一等，有刑部列位大人在此，我也想問上一句——阿耶難道還想抵賴？」

張鎰面色如土，只覺大勢已去……

張舅母腦中一片空白，想再狡辯駁斥，卻發現五年前，在夫妻親自於「問名」、「納徵」、「請期」等書文上，落筆寫下倩娘姓名和生辰八字的那一刻起，就已是鐵證如山！

拾娘看著張佳娘，儘管理智上明白此姝行事決斷狠辣果敢，定是此樁案件幕後操持之人無疑，但觀她言語簡利、環環相扣、步步進逼……還是不由生出佩服，莫名心下大暢。

可惜了。

拾娘不禁暗嘆——這樣的奇女子，先是出身庶女，閨中有志難伸，後被迫替嫁，沉寂五年，待一朝翻雲覆雨，石破天驚地吐盡平生鬱氣，卻終究還是注定落得滿身罪名。

「大人……」拾娘眉心攢起，罕見地面色為難。

雖說律法如鐵，不可撼動，但張佳娘等人實是其情可憫，她……的確有些想為他們說情。

「張佳娘，妳這般大費周章，巧施部局，便只是為了把本官引到衡州來，為妳等昔日所受的不公不意之事做個見證，並揭穿妳阿耶五年前知法犯法，逼妳冒名婚嫁麼？」裴行真給了拾娘一個安撫的眼神，轉向張佳娘，目光灼然。

張佳娘恭敬欠身一禮。

「兩位大人，妾身只是開了一場賭局，做了兩手準備。」

裴行貞挑眉。

張鎰夫婦神色越發驚疑不定，更深恨自己居然小瞧了這個庶長女，這些時日來竟被她玩弄於股掌之間，致使泥足深陷，禍上門來……

「哦？」裴行貞感興趣了。「說說。」

「倩娘現在還活著。」張佳娘微微一笑。「不過倘若兩位大人沒有來衡州，她的生死就說不定了。」

張鎰夫婦大喜過望，異口同聲急嚷——

「倩娘在何處？」

「把我的倩娘還來！」

王宙更是滿懷希冀地望著她，結結巴巴地哀求道：「無論妳想做什麼，請妳莫傷害倩娘。若是我虧欠了你們，我願意以性命相抵，只求妳放過倩娘和平兒安兒，他們是無辜的，他們什麼都不知道！」

王寰一顫，眼神滋味難辨地看著他，是委屈又是厭憎，更多的是心灰意冷。

張傣娘察覺到他的異狀，忍不住默默地握住了他的手。「……寰弟。」

王寰像垂頭喪氣的大犬，蹭近張傣娘身邊。

王宙盯著他的舉止，有些熟悉……好似自己也曾是那個被他依賴倚靠過的人，可是……那是在什麼時候？

張佳娘不理會王宙和張鎰夫婦，直視裴行眞和拾娘。

「兩位大人，此事還要從十數年前，張氏姑母造下的孽說起……」

終曲

原來王寰和王宙眞的是雙生子，長子先生產，次子卻在母親肚子裡憋久了，略傷了腦子，出生後便顯得敦厚魯鈍些。

儘管兄弟倆生得一模一樣，次子王寰卻沒有長子王宙的聰慧，因此備受其母張氏冷落。

張姑母嫁的是當年瑯琊王氏的旁系子弟，早年頗爲顯赫，只是自王父過世後，一雙年幼的孿生子自然頂不起門戶，於是王家便漸漸爲主家遺忘，邊緣成了落難門第。

張姑母年輕守寡，越發寡了心性、憤世嫉俗起來，她只一心撲在長子王宙身上，對單純駑鈍的王寰更是可有可無。

幸虧王宙素來愛護幼弟，有好吃好喝，總不忘拉著弟弟，因此王寰最親近的便是兄長。

可就在孿生子七歲那年，張姑母又聽信了游方道人說的，雙生子同胞而生，會互奪氣運的謬論……所以便對外宣稱王寰夭折，命燈熄滅，如此偷天換日之法，便不會損了王宙的福氣前程。

越發執拗的張姑母爲了掩人耳目，甚至遣散大部分的奴僕，僅帶著雙生子和幾名陪嫁，遷居進荒僻山村。

直到雙生子十歲那年，天資聰穎的王宙更加顯露出博聞強識、好學不倦的一面，張氏姑母便決心全力培植長子，以圖光耀門楣。

所以她清點僅剩餘的家產，欲前去投靠在衡州當縣令的兄長張鎰，帶上了日後功名有望的王宙，被她視作恥辱的王寰就自然而然遺棄在山村裡。

十歲的王寰抱著隻小黃土犬，他乾淨憨然的大眼裡盛滿了慌張和傷心，拚命追著馬車高喊……

「阿母……阿兄……」

「阿母，阿弟在喊我們。」

小少年王宙當時病得昏昏沉沉，還是努力翻身爬起，死命想下車。「阿母……我們得帶上阿弟……阿弟還沒上車……」

張姑母心疼地摟緊了他，竭力制止。「此番要去投靠你舅父，爲的就是你的前途，你我母子二人日後得寄人籬下，看你舅母的臉色，如何還能再帶上你阿弟？」

「阿弟自己一個人在家會害怕的……」

「他那麼蠢笨，懂得什麼？」張姑母勉強壓抑下一抹厭惡之色，哄著王宙道：「你放心，阿母已留下些銀錢，也請託村長和鄉里鄉親照顧好你阿弟了，他不會有事的。等我們母子倆在衡州站穩了腳步，等你功名有望，咱們就能命人帶你阿弟來，同我們母子團圓了。」

「可是阿弟在哭……」王宙高燒得通紅的臉布滿淚水，緊緊抓住母親的手，懇求道：「阿母，我們帶上阿弟吧！」

張姑母捨不得怒斥長子，只能昂聲對馬車夫大罵：「馬車趕得快一些，大郎君都病糊塗了，要是未能及時趕到舅老爺處，讓大郎君有個閃失，我就賣了你一家老小！」

「喏，大娘子，奴、奴知道了。」外頭的馬車夫因憐惜小郎君而刻意放緩的趕車速度，被主母這麼一喝罵後，只能加快了動作。「——駕！」

「阿母……阿兄……等等阿寰……」

那聲音被拋得越來越遠……

後來，等王宙終於從病中恢復了神智，卻已經因高燒忘卻了自己曾有個叫「阿寰」的雙生子弟弟。

他在舅父家安定住下，讀書精進，和嬌俏可愛天眞的表妹倩娘，青梅竹馬長大，結下兩心相許的鴛盟之諾。

過去，舅父笑吟吟看著他們兩小無猜，也戲言等他們表兄妹大了以後，就幫他們辦婚事。

可是當舅父仕途順利，公務繁忙，再加上張姑母病逝，久而久之也忘記了當年的戲言，於是便在麾下年輕幕僚孫載考上功名後，爲倩娘訂了孫家這門親事。

所以才有了王宙落寞離開舅家，欲進京謀前程，倩娘夜奔追至渡船上……

他們抵抗、衝破了封建制度下的父權及禮教阻礙，全了一段可歌可泣的傳奇愛情。

卻無人知道，王寰就這樣在鄉間一日復一日，成爲了村子裡孩童們捉弄追打的「傻子王寰」。

直到有一天，一個女子出現在他面前，對著滿面髒汙，眼神因多年痛苦與茫然、恐懼和仇恨而變得混濁的王寰伸出手——

「你恨他們嗎？」

「……恨。」

「我也是。」女子低低地道：「我們都是被捨棄的人，是時候去拿回屬於我們的人生了。」

她就是傃娘，張鎰妾室所出的庶次女，奉阿姊佳娘之命前來，帶走王寰！

當年張鎰將姨娘們和他們幾個庶出子女送到山上庵堂，是爲身分高貴的妻子掃除一切可能戳心的人與事。

他的父愛也只灌注在倩娘身上，在倩娘因愛私奔後，即便又氣又急，恨不能立時把一對小兒女給捉回來，但又怕走漏風聲，更不願倩娘沾染上半點不好的名聲。

於是張鎰夫婦商議過後，索性另施巧計，匆匆將佳娘從庵堂迎回，頂替倩娘之名，將她嫁給了孫載。

孫載初始滿心歡喜迎娶的是縣令嫡親愛女，沒想到卻被迫收下庶長女，敢怒不敢言，最後把怒火都發洩在佳娘身上。

五年來，佳娘過得猶如行屍走肉。

直到一年前，她戴著帷帽陪著丈夫回娘家應酬，無意中隔窗聽見張鎰跟主母歡天喜地談論起，他們收到了倩娘自京中捎來的信……

他們滿心期盼這個失蹤了五年的女兒，早日擇期偕同女婿王宙和外孫子們回鄉探親。言談語氣間沒有氣苦沒有怨懟，只有毫無保留的滿滿包容與父母之愛。

那她這個替嫁受過的算什麼？

庶出子女就該做爲嫡出子女的踏腳石嗎？

那一刻，窗內張鎰夫婦歡喜的低語，她身上昨夜新添的傷痕，胸中的寒涼悲愴，都在在提醒著，她這一生有多可笑。

——張鎰夫婦愛女失而復得，何其欣慰？

——王宙倩娘赤誠天眞，爲循心中至情至性之愛，又是何等令人敬佩稱頌？

若說王宙夫妻也是命運捉弄的無辜之人，那他們這些人呢？

本是同根深，沒理由一頭的枝葉花朵可盡情向陽而生，另一頭則是注定漚爛在泥地裡，成爲被日日吸取的養分。

於是，惡念業火於焉滋長燃燒而生……

那日後，她開始使盡渾身解數攏絡孫載，投其所好，慢慢博得他變態的歡心，從他手中拿到眞正的孫家主母中饋之權。

包括可以動用部曲、人手，她開始蒐集任何可能助她報復的人與事。

這才從張姑母陪嫁的僕婦口中，撬得了王宙還有一孿生弟弟王寰被遺棄山村的祕密……

拿著孫家的錢財，她也攏絡了山上庵堂的主事，偷偷把庶妹倩娘接下山，讓她領著王寰藏在一個隱密之處。

讓人日日教導著他仿效王宙的言行舉止，描述著在長安鴻臚寺中所有可打聽到的點點滴滴，讓王寰漸漸熟悉包括回紇文和回紇語，及王宙本人的筆跡等等。

以待時機成熟……

✦

佳娘的供詞結束後，良久，廳堂中一片寂靜。

王宙淚漣漣地望著王寰，喑啞艱難地開口：「原來你……是我的阿弟？阿弟……阿兄對不住你，阿兄竟然忘了你？」

王寰彷彿被刺著了般，厭惡地大喊了一聲：「不要叫我阿弟！我已經被你們丟棄了，我沒有阿娘，沒有阿兄！」

「讓阿兄彌補你……」

「寰弟已經跟你們王家沒有干係了！」張倩娘打斷了他的話，護在王寰前頭，目光冷漠。「世上不是所有的事情都能被彌補，以前你們不要他，現在他不要你們了，這才叫公平。」

王宙淚流滿面，祈求地望向張鎰。「舅父……」

可張鎰自己也早已羞慚得說不出話來，被裴、卓兩位大人親眼看見他治家不嚴、處事不公且爲父不慈，所種下的種種禍端，庶長女和庶次女仇視憎惡的眼神與指控……

且不只張家清白門風將遭人唾棄，他也從此斷了仕途，落得鋃鐺入獄的下場。

這一樁樁一件件，都是他不能接受也不願接受的。

張鎰內心深處或許對自己的行徑有一絲絲悔愧，可更多的是懊惱和驚懼，還有漸漸生出了不惜一切也要拚命挽回的衝動……

「所以張大娘子的第一手準備，」裴行眞微微挑眉。「便是用王寰和張傃娘取而代之，或者該說是毀去王宙夫婦在長安五年來經營的所有，以達到報復張鎰夫婦等人的目的？」

「是。」張佳娘欠身一禮，意態舒展，彷彿自己不是來投案的犯人，而是來出告的苦主。

拾娘越發欣賞她了，如不是眼下場合不對，都想問問張佳娘，待案件塵埃落定後，可願不願意加入卓家軍，做個軍師幕僚之類的？

這百轉千迴的腦子，她喜歡。

「那第二手準備，莫不是倘若事有不愼，遭人揭發，也必定有官員介入查辦此案，如此妳就能趁勢而爲，撕開張鎰夫婦自私僞善的面具，將所有人扯入這團泥沼中，同歸於盡？」

「大人明察秋毫，洞悉燭火，妾佩服。」張佳娘微笑。

裴行眞嘆了口氣。「値得嗎？不只搭進了自己，還牽連了庶妹傃娘和王寰？」

「自然値得！」接話的卻是傃娘。

裴行眞眸光望去。

傃娘笑意苦澀，卻是神態昂然道：「……大人，我們都是甘心情願的，如果此時不螻蟻叮象、奮力一搏，我的下場也不過是婚事被買賣犧牲，如同長姊一樣，而寰弟也還在那處山村裡備受欺凌到死。」

王寰緊緊地環住了傃娘的手臂。「阿姊，我不回去！妳們去哪，我就去哪，死也在一起，我不怕。」

張傃娘眼眶一熱，輕聲安撫道：「知道啦，不會再丟下你的！」

王宙痛苦地看著和自己如同一個模板印出的弟弟。「阿弟……」

拾娘看著這一幕，忽然開口：「張倩娘若沒死，你們誰都不必死。」

張傃娘和王寰一呆，怔怔地望著拾娘。

儘管他們過去十幾年來過的日子，苦遠遠大於樂，儘管他們也早已做好認罪赴死的準備，可若能活著，誰又不想活呢？

「對，只要張倩娘性命無恙，只要張大娘子交出人來，」裴行眞也微微一笑，溫和道。「不涉殺人重罪，以你們所犯之行，至多徒一年、杖三十，至於冒充官身之罪……」

「我不追究！」王宙也反應過來了，急忙忙求道：「大人，只要我不追究，只要我不承認寰弟冒充我，只要大人們……網開一面，寰弟就沒有冒充官身，就不受罪罰！」

王寰抿著唇，滿眼倔強煩厭。「誰要你假好心？」

張舅母憤憤不平地想開口，可又礙於愛女還在這群孽障手上，此時也不敢多加追究，以免節外生枝，傷了她的倩娘。

裴行眞環顧眾人，清俊雅致面龐微露沉吟之色。

「裴大人！下官也不追究了！」突如其來的興奮激動叫聲昂然而起。

眾人循聲望去，只見張鎰搓著手，一貫嚴肅沉穩的面上違和地堆上了討好的笑容。

「下官已經知道錯了，往後必會對兒女們一視同仁，絕不再叫他們受盡委屈了，日後也會好好彌補他們這些年所受的苦。」

此話一出，張傃娘臉色大變，咬牙切齒了起來，守在門邊的玄符等人也忍不住面露鄙夷之色。

拾娘跟赤鳶更是覺得拳頭發癢……

唯有張舅母咬唇不語，尷尬又惴惴不安。

張佳娘不怒反笑，閒閒地道：「阿耶未免也想得太美，我們這些螻蟻之怒，縱然失敗了，難道阿耶就覺得自己能全身而退嗎？」

張鎰心下喀登了一下，控制不住又故態復萌地低吼咆哮起來——

「妳又要如何？本就是關起門來的家裡事，妳卻鬧了這麼大一番波折，還驚動了長安的裴、卓二位大人，如今大人法外開恩，要從輕發落，妳——」

「張縣令錯了。」裴行眞笑吟吟，眼神卻深邃犀利，隱含不悅。「張大娘子等人行爲尙可稱上一句民不舉官不究，法外開恩；可張縣令你冒名嫁女卻是事實，有婚書筆跡手印爲證，違反『唐律』，自當上報朝廷，秉公處置。」

張鎰瞬間汗出如漿、面色如死。

「來人，脫去他官帽官衣，押堂候審！」裴行眞劍眉斜挑，低喝一聲。

「喏！」玄機玄符摩拳擦掌，興沖沖上前拿人。

張舅母慌了。「怎可如此？妾不服，大人這是徇私——」

「對了，還有張夫人，」裴行眞微笑。「婚書上頭也有妳這個阿母，那便一併帶走。放心，本官會讓你們伉儷情深關在一處的。」

「大人……妾沒有……妾不知道呀……」

眼見張鎰夫婦被押走，張佳娘和張傢娘不由鄭重地跪伏於地，恭恭敬敬地行了個大禮。

「多謝裴大人爲我等作主。」

王寰也傻呼呼地忙跪了下來，王宙也一同跪下，心頭悲喜難分地磕頭。

「快快請起。」裴行眞溫和道：「不過死罪可免，活罪難逃，你等按律還是要徒一年，杖三十，以贖罪愆，以敬效尤。」

「我等心服口服，願認罪伏刑。」

✦

而就在張佳娘帶著眾人，到山上庵堂把幽禁多月的張倩娘放出來時，只見山巔清冷寥落，一對顛沛流離、備受煎熬的小夫妻緊緊相擁，喜極而泣。

裴行眞和拾娘走近張佳娘，拾娘開口：

「妳做得很好，也幸虧最終沒有鬧出人命。」

張佳娘艷羨和感傷的目光從王宙夫婦身上調轉回來，對上拾娘澄澈激賞的眼神，她感激一笑。

「謝大人……可曾有一度，我確實想與之玉石俱焚的。」

「和傷害自己的人玉石俱焚，不值得。」拾娘認眞道：「一定都有更好的法子。」

「是，大人說得對。」張佳娘輕輕道，忽然從懷間掏出了一卷薄薄的帳本。「這是孫刺史盜藏賦稅的密帳之一，上頭有孫刺史小印、經手官員的手印……包括常寧縣縣令孫載。」

拾娘一震，接過了薄薄帳本，只覺手中其份量之沉重不可言，卻是眸中精光一綻！

這一份帳本，足以令衡州天搖地動……

「離魂案」罷，可更大的波瀾已隱隱然滔天而來。

「大人，這世間奇女子又見了一位！」拾娘騎在馬上，身影英姿颯爽，神采飛揚，回想衡州種種，不禁感嘆。

裴行眞溫柔含笑地注視著她。「可六郎心間的奇女子，唯拾娘一人矣。」

她臉龐瞬間紅透了，美若五月榴花。

花開豔豔，確實是長安盛夏將至……

✦

只是，正快馬兼程趕回長安的裴行眞一行人，卻渾然不知此時此刻的皇城太極宮內——

「裴相爲大唐文人領袖，卓盛手握國之重器卓家軍，」一個低沉嗓音恭敬稟道：「裴卓聯姻，不啻如虎添翼，正所謂人心難測……」

織金明黃簾幕後，那高大身影久久沉吟不語。

番外一：赤鳶行

黑夜，一個纖瘦高眺的身影坐在高高的瞭望臺上，手邊拎著酒壺，正對著一輪孤獨的彎月慢慢啜飲著。

極目眺望，鋪天蓋地全是看不到盡頭的黃沙大漠。

這裡是關外，曾埋葬了無數大唐士兵和異族人馬，年復一年，時不時鷹鷲飛過，風沙翻湧，還能依稀露出一截白骨，空洞了的頭顱……

她不記得自己已經在這裡打過多少場仗了，只記得廝殺聲、血腥味、兵器交鳴，戰鼓擂動，彷彿要擊破天與地。

後來，戰火歇止，斗轉星移，一支支商隊駱駝再度出現、穿梭在這片沙漠之間……

看似貧脊荒涼的大漠，逐漸恢復綠洲和勃勃生機。

雖不知眼前這一片的太平能維持多久，但這關裡關外的百姓，所求的也不過是日昇日落，幹活吃飯，一家人安然樂呵呵。

美艷森冷的赤鳶對這一片大地敬上一敬，隨即仰頭喝完了壺裡最後一滴回喉甘醇、味如杏仁的辛辣馬奶酒。

「我此去長安，又不知何時才能回來了。」她對著虛空喃喃。

這番話，像是對埋骨此處的兄弟們訴說的，也像是說與這裡的風和沙，亙古的神靈們聽……

「阿妹需要我。」她清冷的嗓音裡出現了一絲罕見的暖意。「大家夥兒放心，我會幫你們一起看護好阿妹的。」

——當年那個小小的小女娘，嬌豔稚嫩容貌望著大家時，總是帶著滿滿喜悅和一絲全然不掩飾的仰慕。

她小胳膊小腿堅定地蹲著馬步，儘管顫抖得彷彿隨時會摔個屁股墩，還是憋著臉，死命撐過粗長的一炷香……

高大粗獷的兄弟們扛著刀槍劍戟經過，總是會忍不住摸摸她的小腦袋——

「阿妹，等撐過香盡了，阿兄們就讓妳跟來打馬賊練練手啊！」

「阿兄們……」小拾娘憋紅了臉，滿頭熱汗。「等我……」

兄弟們打勝仗凱旋回來，都會幫她帶些戰利品，有時是鑲著松綠石的匕首，有時是幾顆狼牙，有時是綠洲裡發現的最香甜的一捧子沙果……

小拾娘歡喜地接過，沙果吃了，其餘的禮物通通珍惜地將之收入她的小檀木箱裡，然後興高采烈地一一回禮給阿兄們。

「……這是我幫阿兄們做的護腕，皮子是我自己硝製的哦！」

「……吳阿兄下個月要跟玟琇阿姊訂親了，這枚寶石是上次跟胡商換的，給阿兄拿去給玟琇阿姊打個漂亮的大簪子！」

吳雄接過寶石，羞赧地咧嘴一笑。

眾兄弟們興奮湊趣地起鬨著，紛紛鼓譟——

「對對對，玟琇阿妹瞧見了這寶石大簪子，肯定會大大親香雄子一記！」

「洞房花燭夜，雄子可得把『功夫』好好練一練，來來來，兄弟這裡有一本『武功祕笈』……」

眾人哄堂大笑，可一低頭，發現小拾娘聽得津津有味，護衛在她身後的赤鳶卻是眼神殺氣一閃，嚇得一群莽漢子連忙摀住那個炫耀自己有「武功祕笈」的傢伙，拖走了！

「走走走，別教壞阿妹。」

「赤鳶妹子別瞪我們，我們知錯啦！」

這一幕，何等鬧騰歡快……

可幾日後，關外傳來敵襲，卓家軍急點三千騎兵率先迎敵，大軍隨後將至，但萬萬沒想到竟有大批商隊誤入戰場，三千騎兵爲護商隊中的胡人百姓和大唐子民，處處受制，不得不半打半退，最終死傷大半……

而吳雄，永遠留在了那片大漠。

一個月後，玟琇髮髻戴著寶石簪子，身著婚袍，抱著雄子的骨灰罈子，安安靜靜微笑著完成了拜堂成親。

小拾娘和所有兄弟都默默觀禮，眼眶通紅，淚流滿面。

「如果我功夫再好一些，如果我能上戰場，我就能多盡一份心力，多殺一個敵人……」她緊緊地攢著赤鳶的袖子，抬頭仰望。「赤鳶阿姊，那麼或許吳阿兄就不會死了，是不是？」

赤鳶眼底心疼，摸了摸她的頭，不發一語。

婚禮過後，小拾娘練武練得越發賣力，對自己也越發狠了。

然後，十四歲的拾娘，終於獲得大將軍首肯，披甲上了戰場。

這一從軍，就是好些年……

赤鳶儘管喝了好幾罈子的酒卻毫無醉意，她深深吸了一口氣，最後一次感受著關外乾燥清冽冰冷的夜風——

「走了！」

番外二：佳娘曲

當那輛馬車來到山巔上的庵堂門前時，一身荊釵布裙的張佳娘正在打水。

每日庵堂需得打滿整整五大缸的水，方能足夠庵堂上下十幾口人的吃喝洗滌之用。

兩名姨娘坐在鋪著草蓆子的榻上相對著繡花、打絡子，臉上還依稀能瞧出幾分昔日年輕時的秀色。

只不過這些年來在庵堂多是吃些青菜稀粥，沒什麼油水滋補的吃食，因此瞧著有些面黃肌瘦、風吹會倒似的。

幾個孩子總心疼她倆，便會趁尼姑們做早課時，大清早就翻牆出去挖些筍子或摘些鮮菇回來，偷偷放進灶膛裡烘熟了，撕碎摻進稀粥裡增添些鮮味。

姨娘們初始和孩子們被攆到這山上來時，自是驚慌失措、日夜啼哭，滿心滿腦都想著自己是不是哪兒沒服侍好主君，惹得主君生氣了，這才被驅趕出張家？

可後來，她們才知道是自己和孩子們礙了主母的眼，他們的存在就是主母心上的一根刺。

而主動殷勤為主母拔除掉這根刺的，正是她們母子母女唯一能依靠的主君——縣令張鎰。

姨娘們不為自己被輕賤糟蹋的命運，因為她們本就是被買進張家的奴，後來做了妾，妾通買賣，也還是能被主家隨手交易拋棄的東西。

她們只心疼幾個孩子……就因為是庶出子女，連在張家豐衣足食、呼僕喚婢的資格都沒有，只能陪著她們兩個不得見人的，在這清苦的庵堂裡艱難度日，前途渺茫。

只是幾個孩子卻貼心得很，從不埋怨她們，只想著如何多掙點好的吃食、多弄點暖些的棉衣。

儘管春天來了，可山上入夜還是冷得令人打哆嗦，去歲冬日他們只能靠著一盆柴火取暖，幾個人瑟瑟發抖抱縮成了一團，拚命扛過去。

這樣的日子，他們已經過了好多年了……

佳娘身爲庶出子女中的長姊，自然而然挑起了照拂姨娘、愛護弟妹的責任，也虧得有她，用話拿捏住了尼姑們，不敢苛扣太過，這才讓日子一天天好起來。

只因這座庵堂裡的出家人們，不全都是清靜慈悲的，十幾個大小尼姑就有七、八個心眼子，嘴上說是遁入空門，可只要紅塵心未滅，貪嗔癡不消，還不是相同鬥得厲害？

老主持本就得了張縣令的命令，務必看管住他們幾個，同時又得了張夫人心腹奶嬤嬤的暗示，把每年該送上山來的份例——柴火錢糧布匹——等，從張家那頭先減了大半後，再落到老主持手裡，由得她撈得七七八八。

佳娘知道老主持年紀大了，對於錢權摟得更緊，儘管只是個香客不多的小小庵堂，幾文的香油錢都得摳到她手邊去。

爲此，庵堂裡幾名年長些的尼姑自然不服氣，所以她便攏絡了這幾名尼姑，巧言從中挑撥……還請姨娘們時不時縫繡些卍字吉祥佛號的香袋，讓尼姑們送給添了長明燈的香客們。

香袋做得漂亮又寓意好，香客們看了甚是喜歡，隨喜起來手頭自然大方許多。幾名尼姑嚐到了甜頭，也不會再任由老主持調配擺弄，甚至還會暗地裡給佳娘他們行一些方便。

只不過明面上，佳娘幾個還是要做些粗活兒，好防著張家的人——尤其是張夫人看出不對來。

和佳娘交好的尼姑們，在看到張家馬車來到了庵堂門外，板著臉的奶嬤嬤掀開簾子，連馬車都懶得下地說要接佳娘子回家時，便悄悄讓人去通知了佳娘。

佳娘雖不知張家此番來接她回家，打的究竟是什麼盤算？可只接她一人，卻絲毫不提姨娘們和弟弟妹妹……她心中就覺得有些不好。

尤其在她匆匆忙忙先回屋安撫了姨娘們和弟弟妹妹，看著他們緊張擔憂的神情，只來得及說了一句：

「別怕，不會有事的。」

下一瞬，門被推開，兩名虎背熊腰的部曲站在房門前，皮笑肉不笑地對她道：「佳娘子回家罷，主君和主母都等著和妳團圓呢！」

「——主君和主母到底想對佳娘子做什麼？」

「——不要抓我阿姊！」

姨娘們和弟弟妹妹的哭求和抵抗，在兩名部曲面前猶如螳臂擋車，抓推拉撓無果，最後也只能眼睜睜看著佳娘被他們半請半押地帶走。

一路上，佳娘面色蒼白仍強自鎮定，沒有哭也沒有鬧，她在保存體力等著回到張家後，好好打這一場仗。

說來可笑，本應是溫暖寧馨可爲倚仗的「家」，可於他們而言卻是福禍難料的龍潭虎穴。

✦

回到張家，暌違多年再度見到了那個神色嚴肅端正的「阿耶」，佳娘尚不及生出孺慕之情，就已經先升起了提防之心。

果不其然，阿耶接她回來，就是爲了要替他心愛的倩娘收拾殘局的。

張鎰半遮半掩地將事情前因後果說了，面上閃過了一抹不自在和難堪，卻依然道貌岸然道：

「……這樣一樁好姻緣，若不是倩娘捨棄了，也沒有妳的份。」

佳娘先是震驚，而後竭力忍住諷刺笑意，溫馴地低著頭，乖乖聆訓的模樣。

張鎰不忘警告。「能頂著嫡女的名頭和身分嫁入孫家，妳切記要知足，還有，務必要守口如瓶，別說些做些什麼不當的言行舉止來，壞了妳妹妹的名聲！」

「倩娘私奔，就不算敗壞名聲了嗎？」她終究還是憋不住了，狀似訝異地抬頭。

卻沒想，下一瞬她就被張鎰狠狠地甩了一巴掌！

「住口！」張鎰勃然大怒，整張臉漲紅了。

張夫人則是嘆息，拭著淚水，假情假意地勸道：「夫郎，好好說，終歸是妾不會教孩子，讓倩娘連累了長姊……」

張鎰聽著出身世家的夫人這般自責，心疼得不得了。「夫人，如何能怪妳？那孩子被我們嬌養得天真不知事，又素來是個重情重義的，一時犯了傻，我們做阿耶阿娘的，難道眞能對她趕盡殺絕嗎？日後待風聲緩了些，我們再讓部曲好好把孩子找回來便是了。」

張夫人噙淚點點頭。

佳娘手摀著熱辣劇痛的臉頰，嘴角已經破了，隱隱可以嚐到血味……內心掠過了一絲深深的悲哀。

有人出生如珠似玉，有人落草如土如泥……

她以爲自己早已習慣，可惜她似乎永遠不會習慣。

佳娘面無表情地慢慢擦去眼角那滴淚。

「我答應替嫁。」她開口。「以後我就是張倩娘而不是張佳娘，孫家那邊，我會盡心盡力隱瞞周旋，不會丟你們的臉……但你們需得答應我一件事。」

「什麼事？」

「不得再爲難我姨娘她們，還有傣娘和阿弟。」

張鎰眉頭緊皺，面色不豫。「我何時爲難過他們？」

張夫人身形微微一僵。

「夫人可以答應我嗎？」她意味深長地看著張夫人。

張夫人忽地笑了，慈藹親近地道：「好孩子，要嫁人了，會放心不下妳姨娘他們也是人之常情，妳放心，我會好好照應他們的。」

「那就多謝夫人了。」

「往後記得改口喚阿娘，」張夫人一頓，微笑道：「喚母親也是可以的，畢竟以後妳就是我的倩娘了。」

「是，母親。」

張鎰欣慰地看著她們，只覺頭疼焦灼了數日的禍端難題，終於迎刃而解。

後來，孫家下聘，三書六禮，用大花轎熱熱鬧鬧風風光光地將她「衡陽縣縣令嫡女千金張倩娘」迎娶走了。

佳娘卻不知，自己竟是從一個火坑，又跳進了另一個煉獄。

孫載氣度不凡、年輕有爲，在孫刺史的扶植下從主簿躍升爲一縣的縣令，本就家中甚富，奴僕如雲……自從娶了她之後，又是百般體貼入微，外頭人誰不讚嘆一句——「常寧縣尊大人和夫人端是鶼鰈情深、令人羨慕？」

可只有佳娘知道，他變態的占有欲和凌虐手段，讓她五年來猶如置身水深火熱的囚籠中。

……但終於，一切都結束了。

當她把孫刺史其中一本私帳交與卓參軍後，某天夜裡，一支煞氣凜凜的黑羽軍同時包圍了刺史府和孫府。

佳娘看著孫載和其家人奴僕全部被押了出來，唯有她，手上腳上不上鐐銬，得以靜靜佇立在一旁。

孫載不敢置信地望著她……眼眶紅了，是震驚、是憤怒，竟還有一絲的委屈和絕望。

她從來沒有在一個人的眼神裡，看見過這許多荒謬衝突的情緒。

孫載聲音嘶啞破碎。「……爲什麼？」

她沒有回答，只是冷冷地回視著他。

那一瞬，彷彿千言萬語都說盡了，也像是什麼都不必說了。

孫載一呆，面色灰白，嘴唇哆嗦。「原來……妳這般恨我？恨到不惜置我於死地？」

「是。」她終於開口。

「爲什麼？」他狂怒痛苦如困獸。

佳娘嗤地笑了，眼角有什麼閃過，卻又稍縱即逝，嘲諷反問：「爲什麼不恨呢？」

孫載倏然回想起了自己在床榻間對她所做的種種……莫名一瑟縮。

「我，我那是疼妳，愛妳。」他嘴巴發乾，喑啞艱難地道。

「你只讓我覺著噁心。」她別過頭去，不願再看。

不論他眼下往後，是狼狽、是痛苦、是頹唐還是憤恨……都與她再無干係了。

「佳娘……佳娘……」孫載淒厲哀涼大喊：「求再答我一句，只一句——」

可黑羽軍已經不耐了，其中一人出手如閃電，很快卸下了他的下巴，將他和所有人拖押上囚車。

佳娘，妳可曾有一刻心悅我？

我悔了，我不該……

番外三：淺把櫻桃嚐

蔗漿自透銀杯冷，朱實相輝玉碗紅……

暮春初夏，長安的櫻桃紅了。

這日，裴行眞剛下朝，便喜孜孜地親自端著一玉盞的鮮豔嬌紅纓桃，來敲別院的門。

他路上爲了護這盞櫻桃，特意捨馬就車，就是生怕日頭大，曬傷了櫻桃，還特意命車夫趕車時千萬仔細小心些，別顚壞了櫻桃。

當拾娘被慶伯請到荷池中的小香亭時，只見高大清俊的男人顧不得擦拭額上的熱汗，只顧小心翼翼地把那玉盞不斷挪位置，彷彿試圖擺出一個最誘人的角度來。

還時不時焦急張望，盼著他惦念的伊人來。

石案上還有一只綠玉鑿出的盆子，裡頭是一座晶瑩剔透的小冰山，冰山中間挖了個洞，裝盛著雪白的酥酪。

拾娘眨眨眼，不由讚嘆——長安人就是長安人，吃個果子真是恁般講究了。

「拾娘快來！」裴行眞一見到她，深邃眸子瞬間亮了起來，迫不及待起身過去牽起她的手。「快看看我給妳帶什麼回來了？」

「大人……」

他一怔，隨即撒嬌般地搖了搖她的手。「不是說好了喚我六郎嗎？」

她有些赧然，彷彿做賊般左右張望了一下，就連慶伯都不知躲哪兒去，這才有些乾巴巴地叫了聲——

「咳，六郎。」

他燦爛一笑，喜悅幾乎從眼底都要溢出來了。「六郎在呢！」

起初，拾娘本不太習慣這樣的膩膩答答，可每每遇上裴六郎眼波流轉、笑意吟吟地望著自己時，那滿滿數不盡的歡喜和繾綣，她就忍不住心軟。

也罷，既然他那般高興，那便隨他了。

拾娘忽然想起自己幼時養過一頭猞猁，形容剽悍美麗毛絨絨，狩獵時殺氣騰騰，歸來時卻總愛黏著蹭著她。

她忽然伸出手在他輪廓英俊的下巴撓了撓。

「咦？」裴行眞一呆。

「咳，」她回過神來，臉微微一紅。「沒事。」

……確實都挺好摸的。

「拾娘妳看，這是今年頭一批的櫻桃，聖人剛剛賜下的。」他笑嘻嘻地邀功道：「程公說他家小孫孫最近正長牙，可喜歡這樣酸甜的果子了，一直想截胡我這一盞裝得滿些的，幸虧我護住了。我說我家拾娘也愛吃得很，這次就不讓給他家小孫孫了。」

拾娘笑了起來。「怎麼跟個剛長牙的小娃娃搶食？」

「若是我自己，讓給孩子吃也就罷了。」他黑眸熠熠，滿是溫柔。「可妳還沒吃過長安暮春初夏新出的櫻桃呢！」

這櫻桃都還沒吃入口，她已是心頭悸動，又酸又甜又暖……

「誰都別想同我搶……」裴行眞咕噥。

她噗哧一笑。

「嗯？」他疑惑抬頭。

拾娘摸了摸他的頭，笑意盈盈。

裴行眞玉臉漸漸紅了。

「謝謝你，六郎。」她冷豔臉龐浮現一抹難得的柔色。「你眞好。」

他咧嘴一笑，喜不自勝地拿起玉匙，挖了一勺酥酪澆在去了核的嬌艷櫻桃上，獻寶地送到她嘴邊。

「來，櫻桃澆上冰涼涼的酥酪，最是美味，妳嚐嚐？」他親自拿起玉匙，挖了一些酥酪澆在去了核的嬌豔櫻桃上，送到拾娘嘴邊。

拾娘心頭酸軟沁甜滋味更濃，輕輕地張口含住了那勺酥酪櫻桃……

而後，她不知哪來生出的一股大膽衝動，陡地踮高腳尖，在他震驚睜大雙眼、嘴唇微張的剎那，輕輕一觸，一吻即離。

「謝了！」

快得裴行眞只覺唇上一軟，香風拂過，心醉神迷……

拾娘已在下一瞬間紅頰發燙，強自冷靜地拿過他手上的玉匙，端走那盞櫻桃和玉盆酥酪，大步往外走，嘴硬地道——

「你請我吃櫻桃，下次我回請你吃荔枝！」

（全書完）

國家圖書館出版品預行編目資料

破唐案・裴氏手札・卷四：續離魂記/雀頤作. -- 初版.
-- 臺北市：春光出版, 城邦文化事業股份有限公司出
版：英屬蓋曼群島商家庭傳媒股份有限公司城邦分
公司發行, 民2024.4
冊；　公分. --（奇幻愛情；　）
ISBN 978-986-7282-63-2（平裝）

857.7　　112015425

破唐案・裴氏手札・卷四：續離魂記

作　　者／雀頤
企劃選書人／王雪莉
責任編輯／王雪莉、張婉玲

版權行政暨數位業務專員／陳玉鈴
資深版權專員／許儀盈
行銷企劃主任／陳姿億
業務協理／范光杰
總　編　輯／王雪莉
發　行　人／何飛鵬
法律顧問／元禾法律事務所　王子文律師
出　　版／春光出版
臺北市115南港區昆陽街16 號 4 樓
電話：(02) 2500-7008　傳真：(02) 2502-7676
部落格：http://stareast.pixnet.net/blog E-mail：stareast_service@cite.com.tw
發　　行／英屬蓋曼群島商家庭傳媒股份有限公司城邦分公司
臺北市115南港區昆陽街16 號 8 樓
書虫客服服務專線：(02) 2500-7718 / (02) 2500-7719
24小時傳真服務：(02) 2500-1990 / (02) 2500-1991
服務時間：週一至週五上午9:30～12:00，下午13:30～17:00
郵撥帳號：19863813　戶名：書虫股份有限公司
讀者服務信箱E-mail: service@readingclub.com.tw
歡迎光臨城邦讀書花園 網址：www.cite.com.tw
香港發行所／城邦（香港）出版集團有限公司
香港九龍九龍城土瓜灣道86號順聯工業大廈6樓A室
電話：(852) 2508-6231　傳真：(852) 2578-9337
e-mail：hkcite@biznetvigator.com
馬新發行所／馬新發行所／城邦（馬新）出版集團【Cite(M)Sdn Bhd】
41, Jalan Radin Anum, Bandar Baru Sri Petaling,
57000 Kuala Lumpur, Malaysia.
Tel: (603) 90563833 Fax:(603) 90576622

封面設計／Aacy Pi
內頁排版／芯澤有限公司
印　　刷／高典印刷有限公司

■ 2024 年 4 月 9 日初版一刷
Printed in Taiwan

售價／380 元

城邦讀書花園
www.cite.com.tw

ISBN　978-986-7282-63-2

廣　告　回
北區郵政管理登記
臺北廣字第000791
郵資已付，免貼郵

115臺北南港區昆陽街16號8樓

英屬蓋曼群島商家庭傳媒股份有限公司
城邦分公司

請沿虛線對折，謝謝！

愛情・生活・心靈
閱讀春光，生命從此神采飛揚

春光出版

書號：OF0102　　書名：破唐案・裴氏手札・卷四：續離魂記

請於此處用膠水黏貼

讀者回函卡

謝您購買我們出版的書籍！請費心填寫此回函卡，我們將不定期寄上城邦集最新的出版訊息。亦可掃描 QR CODE，填寫電子版回函卡。

姓名：____________________

性別：□男　□女

生日：西元________年________月________日

地址：____________________

聯絡電話：____________________ 傳真：____________________

E-mail：____________________

職業：□ 1. 學生 □ 2. 軍公教 □ 3. 服務 □ 4. 金融 □ 5. 製造 □ 6. 資訊

□ 7. 傳播 □ 8. 自由業 □ 9. 農漁牧 □ 10. 家管 □ 11. 退休

□ 12. 其他 ____________________

您從何種方式得知本書消息？

□ 1. 書店 □ 2. 網路 □ 3. 報紙 □ 4. 雜誌 □ 5. 廣播 □ 6. 電視

□ 7. 親友推薦 □ 8. 其他 ____________________

您通常以何種方式購書？

□ 1. 書店 □ 2. 網路 □ 3. 傳真訂購 □ 4. 郵局劃撥 □ 5. 其他 ______

您喜歡閱讀哪些類別的書籍？

□ 1. 財經商業 □ 2. 自然科學 □ 3. 歷史 □ 4. 法律 □ 5. 文學

□ 6. 休閒旅遊 □ 7. 小說 □ 8. 人物傳記 □ 9. 生活、勵志

□ 10. 其他 ____________________

請於此處用膠水黏貼